聒聊暗城

翊青 —— 著

1973年，國民黨退遷來臺24年後，蔣經國開始從事經濟建設，不少存有積蓄和受過教育的百姓，隨著社會的變昇，收入與生活品質隨之提升。沒本錢做生意，沒機會受教育的老百姓，只能維持戰後原有的窮困，靠著政府偶爾制度上的改變和幫助，生活轉變得非常慢；電視劇裏普遍的中等生活品質，對他們來說似乎是另一個國度，大部份的人每天想的只是維持三餐，讓生活可以繼續，生活條件的改變不在他們的人生計劃裏，了不起多賺一點錢，家裏可以添加一點電器用品，窮困生活中的掙扎，是他們普遍的生命形態。

　　他們無法改變生活因為貧窮與低落的文化程度，還有很重要的一點，是每天環繞他們的窮困環境所產生的觀念。在這種生活層面裏，還存在著更下一層的暗黑地帶，是外界所不知道的形態，他們有他們自己一套不同的活法與見解。

臺北，艋舺。

大馬路旁的巷子一進去是滿滿的違章建築，全是木條、木板和塑膠板所釘起來的小木屋。

馬路兩邊違建的木屋將近一千多戶，裏面除了住家還有麵攤、裁縫店、理髮店、鴉片館、妓院……等，如果只是坐車從大馬路經過，是無法看到巷子裏面的另一片社會。

對這裏的居民來說，離開艋舺如同出國去另一個國度。裏面的環境，可以這麼形容：有逃犯跑進去，警察就會停在外面不敢進去抓，如果是重要的通緝犯跑進去非抓不可，警察會在外面等到大批支援到來，才一起進去搜捕。

簡單得說，誰都可以到艋舺裏去，那是一個三不管地帶，適者生存，問題是要怎麼出來。

林思祖出生在艋舺，成長在艋舺，現在的爸爸是繼父，國民黨老兵，他有兩個媽媽，第一個媽媽是爸爸跟部隊剛到臺灣的時候，跟原住民買來的一個15歲智障女孩，非常瘦小，全身瘦的只有皮包骨，老是戴著一副黑眼圈。

　　老爸當時把第一個媽媽買來的目的，是想找一個伴和傳宗接代，可是兩年來她總是不孕。後來繼父在艋舺馬路的另一邊認識了和他一樣是江蘇同鄉的生母，那時候生母剛生了大哥和林思祖沒多久，生父就死於肺癆，繼父馬上向她開口，希望大家可以一起生活，生母當時很無助，需要的只是一個依靠能繼續生活下去，於是帶著大哥、思祖和一些簡單的家當搬到馬路對面繼父的家裏。

　　繼父有情有義，一直養著智障的大媽，有時候思祖覺得大媽反倒像他的妹妹，雖然嘴裏照禮數叫著她大媽，可是一點都不覺得她是長輩，還要常常照顧她。

　　繼父還是想添個本家男丁傳宗接代，才對得起祖宗，但是再生了兩個妹妹以後就決定不生了，因為家裏太多張嘴怕養不起，於是自己跑到衛生所做了免費的結紮手術。

　　大哥讀到小學四年級的時候，開始抽煙、翹家，或許是對繼父有所排斥，加上房子小沒有隔間，他老是看到繼父在三更半夜脫了生母的衣服，壓在她身上，搞得生母好像很痛苦又不敢叫出聲的樣子虐待生母。大哥厭惡這個家，偶爾會回來吃頓飯，接著又消失一陣子。繼父跟他說：你不想上學

我也管不了，但是每天一定要回來吃晚飯、在家睡。大哥一聽到睡覺就立刻衝口罵他：「幹你娘！」。然後氣憤地跑出去，又消失了好幾天。

兩個妹妹每天看電視，早期臺灣的電視只有三個電視台，只有中午和晚上有節目看，其他的時間電視熒幕只有黑白的斑點和雜音，沒電視看的時候，她們就在門口自己玩。

爸爸在附近一家小小的麵條廠做工，說是麵條廠，可裡面只有兩坪大，兩部製麵條的機器，爸爸每天中午都走五分鐘的路回家吃中飯，小睡個半小時，再回去上班。晚上回家飯後，大家看著電視，他會和兩個女兒玩，可以看到他臉上的笑容，那是他每天最開心的時候。或許是他考慮到媽媽的關係，在媽媽看得到的時候，他會故意和大媽疏遠，其實在思祖看來沒有必要，因為大媽每天晚上都和小孩子們睡在一起，和繼父已經疏遠了。媽媽平時對大媽也不壞，把她當小孩子照顧。

媽媽整天在家裏幫人縫衣服，永遠有縫不完的衣服。常常有幾個男人會拿衣服來縫，都是繼父不在的時候來。有一年暑假思祖在家，看到這些男人來了以後把衣服放下不走，沒完沒了的。有一次看到一個男的拿衣服來，在媽媽耳邊小聲說了幾句話，拿了幾張鈔票塞給媽媽，拉著媽媽的手要出去，媽媽臉色很難看一直搖頭，把錢又塞回給他，兩人拉拉扯扯了好久，等這個男人走了後，媽媽過來抱著妹妹一直掉

眼淚。過兩天，又看到這個男人進屋子裏來要塞錢給媽媽，媽媽這次把錢丟到他身上，狠狠地把他罵走。在這之後，媽媽把男客人罵走的事常常有，次數多了以後，媽媽好像也覺得沒什麼了，罵走男客人後繼續哼著姚蘇蓉的歌，縫著她的衣服。

思祖的哥哥在賭場當跑腿小弟，幫客人買煙、買酒、買檳榔。那時候思祖常在學校裏被同學嘲笑家裏有個白癡媽媽，思祖很難過也很生氣，他跑到賭場去找哥哥。第二天，這幾個笑他的同學臉上帶著傷來上課，遠遠看到思祖就躲開。

經過這件事，思祖懂了一個道理，你不要別人來欺負你，你就要比他們更壞。

思祖小學快畢業了，爸爸問他要不要再讀國中，如果不讀就開始工作，幫家裏賺錢，如果要讀，就好好讀，不要當流氓學生，不要半途而廢。

他跑去問哥哥，哥哥說隨便他，問了等於沒問。不過哥哥說，如果他不讀，可以到賭場來，哥哥每天當跑腿拿的小費，一天常常有十幾塊錢。思祖在回家的路上去剪頭髮，頭髮剪到一半，他問理髮的福伯：「讀國中好不好？」

50多歲的福伯，是做生意失敗，為了逃債才躲到艋舺靠剪頭髮為生。福伯說：「能讀當然要讀啊！將來才可以搬出艋舺。」

思祖心想這裏是他的家，為什麼要搬出艋舺？還有住在他家附近的唐教授不是讀很多書嗎？於是說：「聽說唐教授讀很多書，還是博士，他也住這裏，為什麼要搬出艋舺？」

　　福伯說：「唐教授是個例外。」

　　唐教授曾經是大學歷史系教授，被好朋友騙了一生的積蓄後常常和老婆吵架，沒多久老婆跟人跑了，他酗酒，再染上賭博，再吸毒，接著課也不去上。被學校開除後，他把房子賣了，去戒毒所戒毒，準備人生要好好重頭開始，就在那時候他交上了一個女朋友，得到很大的鼓勵，兩人約好等他戒毒成功出來後要結婚。四個月後唐教授成功戒毒從戒毒所出來，回到之前兩個人租的房子等女朋友，發現自己的銀行存摺與身份證、印章不見，又發現自己所有賣房子的錢已經全部從銀行被領走，他在房子裡等了三個禮拜，終於想通，女朋友是不會回來的。唐教授對人生心灰意冷，苦苦哭了五天，自己沒勇氣自殺，又開始吸毒，很快就沒有能力正常工作，最終躲入艋舺苟且偷生，平時就是幫不識字的人寫信、算帳、看合同，賺點微薄的收入夠他吸毒吃兩口飯過日子，過一天算一天。

思祖的小學畢業旅行是到故宮博物院，這是思祖第一次離開艋舺，學校租了遊覽車，一路上經過天母，思祖在遊覽車上透過窗外看到漂亮的房子，馬路上的人穿的都是時髦的衣服，還有百貨公司，還第一次看到金髮的老外。

　　思祖心裏不斷地吶喊，外面的大千世界對他來說是如此的震撼！

　　傍晚，遊覽車回到學校，思祖一下車就瘋狂得直奔去找唐教授。

　　唐教授正在幫一個從南部到臺北的工人寫家書。

　　「唐教授，我想問你……」思祖說。

　　唐教授一邊寫信一片抽了一口鴉片說：「等一下，我快寫完了。」

　　思祖只好先走到一旁，無耐得看著堆在牆邊一疊疊的書，看到了其中一本《孫子兵法》。

　　唐教授幫人寫完信，收了5塊錢，「思祖，又要問我功課啊？」說著又抽上一口。

　　思祖：「這本孫子兵法是什麼？」

　　「帶兵打仗用的。」

　　「唐教授，你懂打仗啊？」

　　「這些書是我全部家當，搬來艋舺的時候我什麼都沒有，只帶了這幾十本書，現在沒事就看看，日子好打發一

點。找我幹嘛？」

「不是啦！我是想問你我要不要去讀國中？讀了就可以搬出艋舺嗎？」

「誰跟你說讀了就可以搬出艋舺？」

「福伯說的。」

「胡說八道！我讀到博士現在搬到艋舺，你說是不是讀了就可以搬出艋舺？」

思祖羅有所思，「那就不用讀了嘛！」

「讀書只是看你將來賺錢可不可以輕鬆一點，不用出太多勞力腰酸背痛，不用日曬雨淋而已，你能不能搬出艋舺，那是你的命。」唐教授說完拿出剛剛幫人寫信賺的5塊錢，「幫我買一碗陽麵回來。」

思祖看唐教授瘦得全身皮包骨，臉上兩頰無肉又帶黑眼圈，還抽著鴉片，「唐教授，你吃點肉吧！你好像又瘦了。」

「吃肉不用錢嗎？你請我啊！」

「我沒錢。」

「所以囉！吃得夠就好了，吃什麼肉，我省點錢抽鴉片才是。」

「唉！」思祖搖搖頭，接過唐教授手上的五塊錢去幫他買陽春麵。

思祖在老師的鼓勵下上了國中。

有一天放學回家，哥哥在巷子口等他，「思祖！」

「哥，你在這裏做什麼？」

「走，我請你吃麵！」

思祖正當發育期，是永遠吃不飽的時候，有東西吃特別開心。

兩人到了麵攤，點了兩碗麵，又切了大腸、豆干、鴨舌頭……，整整一大盤滷味拼盤，思祖看了，小聲地對哥哥說：「你到底有沒有錢？點太多了！」

哥哥從口袋裏掏出一疊鈔票，全是十塊的。

「哇！」思祖看了嘴巴張得好大。

哥哥抽出三張拿給思祖，「拿去花！」

「哥，你怎麼有這麼多錢？」

「老大上個月升我坐看場，每個月有100塊，買香煙、檳榔、酒，現在不用我做了，還有你看……」從襪子裏抽出一把扁鑽給思祖看。

思祖接過手看了一下，「很利耶！」

「前幾天有人出老千，我在他屁股上插了一下！」

「哇！真屌！」

「我看你不要讀了，跟我到賭場做，我們裏面有一個人看場做了三年，現在一個月有400，如果老大派你去揍人，一次有20。」

「哇！這麼多。」

這時候麵端上來，兩個人狼吞虎咽，沒幾分鐘把麵和滷味全部掃光。

　　「幹！真爽。」思祖又說，「哥，你有時候也回家看看媽，她常常問我有沒有看到你？」

　　「你怎麼說？」

　　「當然說沒有啊！」思祖說，「你不喜歡爸，等他去麵廠的時候，你也回去看一下嘛！」

　　「我現在這麼忙，以後再說吧！好啦，我要回賭場了，有事就去那裏找我。」說完去付了錢，然後鑽進巷子裏。

　　「每次叫你回家你都跑走，幹！」

　　過兩個禮拜，思祖錢花光了，剛放學時又肚子餓，想要去賭場向哥哥要錢買東西吃，正要鑽進巷子裏的時候，看到馬路邊停了好幾輛警車。

　　思祖一進到賭場要找哥哥，看到角落裏坐著一個滿臉鬍子的人，身上有傷，滿頭大汗，臉色蒼白。

　　哥哥和幾個人圍在這個大鬍子身邊，哥哥的老大臉色看起來非常焦慮。

　　思祖慢慢走過去，聽到哥哥的老大說：「讓所有人繼續賭，不要收。……我弟弟是十大槍擊要犯，條子這次會進來沒那麼容易就算了。阿丁，你先去找赤腳醫生過來，鐵牛、臭頭、豆花，你們分散出去看一下，看條子現在到哪裏了？

阿呆，你爬到屋頂上，看能不能看到條子到底有多少人？肥猴，去把傢伙全拿過來。」

沒多久，所有人回來，結合每一個人的說法看來，警察大約有近百人，從外圍的巷子慢慢搜索過來，估計再1個小時就會搜到這裏。

老大的弟弟按著流著血的胸口，「大哥，看來這次是走不掉了，你沒必要受牽連，我出去自首吧！」

老大帶殺氣說：「就算同歸於盡也不能去自首，我們從土地公廟那一條路殺出去！」

「不可能，條子這次是圍剿，我們鬥不過他們的！」弟弟痛苦地說著。

老大：「我把所有兄弟叫過來跟他們幹了，要死就一起死！」

「不用死！唐教授懂兵法。」思祖突然說。

思祖的哥哥回頭一看馬上破口大罵：「這時候不要鬧了，你先給我回家！」

老大：「等一下，你說什麼？」

思祖：「唐教授懂孫子兵法，他有辦法的！」

老大停頓了一下，「沒辦法了！現在有什麼機會都要試一試，你去找唐教授，跟他說條子整個包圍進來了，要怎麼辦？快去！」

「好！」思祖放下書包，往唐教授家跑。

到了唐教授家，唐教授正躺在床上吞雲吐霧。

「唐教授，有事要你幫忙！」

唐教授懶懶散散地伸出手，「來，拉我起來。」

思祖握住唐教授的手，把他從床上拉起，把賭場裏看到的事告訴了唐教授。

「我這把老骨頭了，能幹什麼？」

「你懂孫子兵法！」

「那倒是！」又抽了一口鴉片，走到桌子前想了一會兒，寫了一些東西，「拿去吧！跟他說有用的話送我一些鴉片抽。」

思祖拿了唐教授寫的紙，又飛快跑回賭場。

思祖回到賭場，赤腳醫生正幫老大的弟弟取子彈，思祖把紙交給老大，老大打開一看：

道 ── 兵與主意願一致，要下重賞

天 ── 氣候，想辦法拖到天黑再動

地 ── 安排好退路

將 ── 找有能力的人帶兵，分路行動

法 ── 軍隊的組織，編制乃為之勢，因利而制權；
　　　制造有利態勢，掌握戰場主動權

兵者，詭道也 ── 用兵以詭詐為原則

老大看了以後問思祖：「他還有沒有說什麼？」

「有，他說有用的話送他一些鴉片抽。」

「還有呢？」

「沒了。」

這時老大弟弟的傷口已經縫上。

老大拿著手上的紙一直不說話，又看了有五分鐘，「叫人把所有的店都關了，過來這裏集合。」

15分鐘後，老大的手下把其他所有的賭場、妓院、鴉片館全關了，約60多個人都聚集到賭場裏。

老大看了一下手錶說：「今天每個人照我說的做，做完了一人300塊。現在十個人一組，由大頭、肥猴、阿支、鐵牛、死狗帶頭，分散開來，每30分鐘輪流虛張聲勢，大聲喊『人在這裏！』，把他們搞得筋疲力盡。還有兩個半鐘頭就天黑，一定要拖到天黑。7點半準時所有人在狗肉店附近同時大吼大叫，亂鑽亂跑，一定要維持10分鐘，讓條子朝狗肉店那個方向過去。現在盡量製造聲勢把他們往石頭公廟那個方向引過去，讓他們不要往這邊過來，天還沒黑以前不要和他們離得太近。」

艋舺巷子內不時四處有人叫喊『人在這裏！』，直到天黑後7點半，在狗肉店附近，同時5個分散點，忽然發出比之

前還更大、更緊張的叫聲，還有砸東西的聲音，「抓到了！抓到了！」。

警方近百人的便衣警員和特種部隊加上警犬都朝著狗肉店的方向趕過去，老大扶著弟弟兩人都穿上了女裝在7點48分走出違章建築到了大馬路，攔下了計程車，上了車離開了艋舺。

夜色昏暗，幾個守在大馬路邊的警察，看到遠處兩個短髮穿著長裙的女人上了計程車離開，也沒再多看一眼。

思祖帶路，老大身後跟著幾個打手，一路走進了唐教授家。

　　唐教授一下看到這麼多橫眉豎眼的人進了自己家裏，差點嚇破膽，躲到桌子下面大叫：「我沒有錢！我沒有錢！」

　　老大對手下們使了個眼色，手下們去把桌子搬開，看到唐教授嚇得縮成一團在發抖。

　　這時唐教授看到思祖，楞了一下，再用發抖的聲音說：「思……祖……，看……看……在……我以前教你功課的份上……放過我吧！」

　　思祖：「唐教授，我們是來送鴉片給你的！」

　　「啊？」唐教授又楞了一下，身體還是抖個不停。

　　老大對手下說：「拿來！」，從手下接過兩瓶鴉片，走到唐教授身邊蹲下，「你知道我在哪裏，有空來找我泡茶。」把兩瓶鴉片塞到唐教授身上，接著四處看了一下，對身邊的人說：「阿丁，等一下找人來把屋頂和牆補一補。」

　　老大說完就走出了唐教授的屋子，一幫人隨著他出去，出了唐教授的屋子，老大又拿了一疊用橡皮筋綁的鈔票，全部是100塊的，丟到思祖身上，「省點花！」說完大力拍了一下思祖的頭。

　　沒多久，哥哥跑回家。

　　「捨得回來了！」媽媽說，「你也常回來看看你弟弟和

妹妹，不要一下幾個月看不到人。吃飯了沒？」

「吃過了。」

「現在在做什麼？」

「還在賭場。」

其中一個妹妹說：「哥，你的頭髮好長，像女生。」

另一個妹妹說：「哥，我要吃乖乖。」

哥哥給他們一人10塊錢，然後叫思祖和他一起出去。

媽媽：「鬼鬼祟祟的幹什麼？」

哥哥：「沒什麼，跟他說話。」

媽媽：「說話不能在我面前說啊？」

哥哥還是把思祖帶出去，媽媽在後面叫：「你弟弟現在在讀書，你不要把他帶壞！」

兩個人到了門外，哥哥小聲得對思祖說：「老大給你多少？」

「一千。」

「哥平常對你好不好？」

「好。」

「來，分一點給我。」

思祖掏出鈔票，哥哥搶過來，抽出兩張塞到思祖手上。

思祖睜大眼說：「哥，你不是說分一點就好？」

「你小聲一點，不要讓媽聽到。」哥哥再抽了一張出來塞給思祖，「我昨天和大頭推牌九輸了好多錢，你小孩子

身上帶太多錢不好，有事去賭場找我。」說完轉身鑽進巷子裏。

　　思祖眼淚差點流出來，不甘情願地說：「你才大我一歲，誰是小孩子！」

　　媽媽看思祖一副難過的臭臉走進屋子，「你哥走了？」

　　思祖不說話。

　　「你哥跟你說什麼？」

　　「本來一千變三百！」

　　「什麼一千三百？」

　　思祖整個晚上憋著臉，沒有再說話。

　　下課後，思祖一個人背著書包慢慢晃到唐教授家。

　　唐教授看思祖進來，「哎呀！思祖，那天你老大進來，真是嚇到我尿褲子！」

　　「你尿褲子了？」

　　「是啊！」

　　思祖大聲得笑了出來。

　　「我還以為你帶人進來要搶我！」唐教授說。

　　「唐教授！」思祖變了口氣，「我怎麼會這麼對你呢！」

　　「唉！在艋舺這種地方，人要是窮急了，什麼事幹不

出來？嚇死我了！對了，你老大給我的那些鴉片，真是好貨，我從來沒抽過這麼好的鴉片！味道好，抽了以後身體好舒服，這幾天我覺得身體好順暢。對了，你老大叫什麼名字？」

「他不是我老大，我大哥在他的賭場做事，他是我哥的老大。」

「哦，是這樣子啊！」

「他叫阿源，我們這邊的鴉片房、毒品、妓院、賭場、都是他開的，艋舺的木屋還沒開始蓋的時候，他就已經在這裏了。」

「馬路對面那一邊的地盤也是他的嗎？」

「不是，馬路那一邊是鐵條的地盤。祖師廟那一邊是瘋狗的地盤，瘋狗的人馬最多。你在這裏這麼多年了，怎麼都不知道？」

「我對這些事沒興趣。」

「你只要有鴉片抽就可以了！」

「對！」唐教授「嘿！嘿！嘿！」笑了起來，露出了兩排黝黑的牙齒，「我自己都管不好了，還管到這種江湖事。」

「真是服了你！」思祖搖頭說。

一個禮拜後。

　　臺北警政署開會，認為這次槍擊要犯在艋舺逃逸，有極大的可能是他黑幫老大哥阿源幫助下逃脫的，雖然現在阿源身上沒有案子，也沒有被通輯，但是警方沒證據回去找他，覺得很沒面子。會議決定他們還是準備逮捕阿源，一來，抓個人表面上對媒體有個交代，面子也不會太難看。二來，把和槍擊要犯有關的人帶回局裏泄恨，不把他打個半死好好發洩一頓，絕不甘休，或許還可以問出通緝要犯的下落。

　　專案小組自己檢討，上一次在艋舺圍剿失敗，是因為對地形不熟，再加上後來拖到天黑導致視線不清，不容易掌控，於是專案小組組長這次請求迅雷小組支援，警方將圍剿人數增加到240人，計劃3天後凌晨5點破曉時刻開始突襲搜捕。

　　開始行動的前兩天，專案小組組長和刑事組組長帶了迅雷小組裏自由搏擊的冠軍與亞軍，一行四人配槍，身穿便衣搭計程車到艋舺，走進違章建築中鐵條的地盤。

　　一進艋舺，滿地的髒亂，一陣酸臭味籠罩而來，違建裏幾乎全是釘補的木屋，木屋區裏的巷子都非常狹窄，兩個迅雷小組的隊員走在前面，兩個組長走在後面，四個人走得很慢，很謹慎，因為艋舺的木屋區是出了名的有進無出，陌生人一進去可能就從此消失。

四個人一進去不到半分鐘，馬上被人盯上，裏面的居民一看四張生面孔，都非常好奇，當四個人走到稍微空曠一點點的地方，立刻有三個人拿著扁鑽出現，雙方都不用說話，像是很有默契似地準備幹上一場。

　　兩個組長把手伸進夾克裏，準備隨時掏槍，前面兩個迅雷小組的隊員各自掏出一個黑色的東西握在手裏，用力一甩，手中的東西馬上變成一節節半尺長的銀色鐵棍。

　　三個拿扁鑽要行搶的人眼睛一睜，「那是什麼東西啊？」

　　三個人接著大聲一吼把扁鑽向前刺過去，先是手中的扁鑽被銀鐵棍打掉，再來就不知道發生什麼事了，不到10秒鐘，全部倒在地上，身上和頭部都是傷。

　　行動組長走過來對倒在地上的其中一個人說：「鐵條在哪裏？」

　　他對行動組長吐了口水，「幹你娘雞巴！」

　　其中一個迅雷組隊員，將手上的鐵棍往他小腿用力抽下去，一下聽到骨頭斷裂的聲音，小流氓抱著小腿大聲嘶喊。

　　這時候又有六七個人跑出來出現在他們面前，每個人手裏各有鐵鏈、菜刀、武士刀……各種武器。

　　行動組長再將手伸進夾克裏要掏槍，刑事組長伸手將他按住，小聲地說：「最好不要，有了槍聲，我們來的事更容易傳出去。」

行動組長點頭，「嗯！」，也掏出一根伸縮鐵棍，用力一甩，伸出半尺。

刑事組長也同樣甩出了一根銀色鐵棍。

兩個迅雷組隊員互相使了眼色，先聲奪人，朝面前這六七個人打過去，這麼突然一下，沒人想到，不到30秒，這六七個人手中武器全掉在地上，人也全倒在地上。

一個倒在地上的人伸手要去拿掉在地上的鐵鏈，行動組長一看，走過去用鐵棍朝他臉上用力一掃，立刻打得他鼻樑粉碎，滿臉噴血，雙手抱著臉咆哮。

刑事組長走到另一個倒在地上的年輕人說：「鐵條在哪裏？」

「我幹你娘！」，才剛說完，就被刑事組長用鐵棍在小腿上抽了一下，抱著小腿大叫。

接著，刑事組長往地上每一個人的小腿都狠狠得敲了一下，骨頭全部打裂，刑事組長手中的鐵棍都變了形，「這些人真是野獸！」，每個人在地上都抱著小腿嘶聲裂肺得喊叫。他們無法再站起來，短時間內不會去搬救兵。

四個人迅速走進另一個小巷子內，往艋舺的心臟內部繼續伸進。

走了沒多久，看見前面有一個白髮阿婆蹲在地上洗菜。

刑事組長走過去蹲下來問她：「阿婆，妳知道鐵條在哪

裏嗎？」

　　阿婆看著他沒說話，於是刑事組長改用臺語又問了一次。

　　這下阿婆講了幾句福州話，沒人聽得懂，只好作罷繼續往前走。

　　接著看到一般居民，問了好幾戶人家，沒人敢說。

　　再往內部走，微微聽到一些女人呻吟的聲音，走沒多久，才知道前方有一間妓院。

　　四個人慢慢走進去，五個女人靠著牆坐成一排，每個女人看起來都是未成年的面孔，深深的黑眼圈，兩頰無肉，明顯的都有毒癮。另外兩個管妓院的男人，一看進來的是生面孔，穿著又不像本地人，馬上就站起來，一副敵意得說：「什麼事？」

　　刑事組長：「我們要叫小姐。」

　　「叫什麼小姐，快點走！」

　　刑事組長：「我們是有人介紹過來的！」

　　「我管你什麼人介紹過來的，快走！」管妓院的人口氣越來越兇。

　　刑事組長：「走就走，那麼凶幹什麼？我們以前都在馬路對面那邊叫小姐，今天第一次來這邊……」

　　另一個管妓院的男人拿起木棍朝刑事組長走過來，「怎麼廢話那麼多啊！」。

其中一個迅雷組隊員立刻擡腿踢中他的太陽穴，一聲倒地就沒再動。

「幹你娘！」另一個管妓院的馬上從身後抽出扁鑽，同時被另一迅雷組隊員以擒拿手壓倒在地上，動彈不得。

行動組長蹲到他面前，「鐵條在哪裏？」

「我幹你老母！」大聲地罵出來。

行動組長往他後腦劈下去，整個人立刻昏迷。

刑事組長站起來從皮包裏掏出100塊，走到五個妓女面前，「誰帶我去找鐵條，這100塊就給她。」

其中一個眼神比較清醒的妓女說：「我知道鐵條在哪裏。」仲手要去拿100塊。

刑事組長把100塊拿開，「先帶我去，到了才給妳。」

這個妓女站起來，搖搖晃晃得帶大家走出妓院，四個人跟在她後面。

走了大約20分鐘，在巷子裏繞了又繞，大家開始覺得不對勁，行動組長說：「到底在哪裏？」

她口齒不清得說：「我忘記怎麼走了！」

4個人無奈得說不出話。

「你先給我錢，我打一針就記起來了！」

刑事組長先拿20塊給她，她拿了錢走到旁邊一個小房子裏，很快手裏拿了一隻注射針出來，朝自己手臂打下去。當她舉起手臂要注射時，大家看到她整只手臂幾乎沒有一寸完

整的皮膚，都是滿滿的針孔。

打完針後，她貼著牆，整個身子酥軟地慢慢滑到地上，兩眼半開。

大家又無奈得等了10分鐘後，刑事組長說：「好了，叫她起來！」

其中一個迅雷組隊員把她搖醒，從地上把她扶起來。

刑事組長打了她幾個耳光，終於把她打醒，一睜眼看到面前的刑事組長，馬上脫褲子，脫衣服。

「喂！喂！喂！妳幹什麼？」刑事組長大聲叫出來，把她的衣服和褲子又拉回來，「妳除了吸毒以外就知道幹是吧？快點帶我去找鐵條。」

妓女：「你是誰呀？」

「我是誰？快點帶我去找鐵條！」

「哦！」妓女都已經忘了剛才答應他們的事，迷迷糊糊得向前走。

行動組長邊走邊問她：「鐵條在哪裏？」

「在鐵條家。」

「還要走多久？」

「三分鐘。」

這次真的走了大約三分鐘，到了一個比一般住家大的屋子前面，這個屋子前面站了兩個人，手裏都有一把武士刀。

門口的兩個人見妓女後面跟著四個陌生人，立刻警覺起

來，另一手立刻握住刀柄，站到大門口中央。

刑事組長拿了80塊塞到妓女手裏，「好了，這裏沒妳的事了，趕快走！」

妓女看著手裏的鈔票，兩眼無神，搖搖晃晃開心得走開。

刑事組長掏出自己的名片走向前，其他三個人留在原地，他每一步走得很慢，盡量不要有大動作，讓前面兩個持刀的人不要認為自己有任何攻擊的企圖。

門前其中的一個人接下名片，狠狠得看著組長，他的眼神就像在感覺刑事組長有多少意圖和能量，像一只露出利牙隨時準備向前撲去的餓狼，看了好久，才慢慢轉身走進屋內。

另一個守在門口的男子則手握武士刀柄，做出隨時準備出鞘的姿勢，看著兩個迅雷組隊員，他似乎能嗅出四個人當中誰是真正的對手，眼睛不停上下打量，如同響尾蛇似的，眼神不停地吐信。

兩個迅雷組隊員沒有絲毫的妄動，看著眼前守門的野獸，在這個沒有法律管轄的地帶，這個人有他們從來沒有感受過的銳利又兇狠的殺氣。

好一會。

大門打開，走出另外三個手拿武士刀的男子，站在門口，再一個50多歲手裏拿著刑事組長名片的中年男子出現，

用臺語說：「找我幹什麼？」

刑事組長：「有事要你幫忙。」

「我從不跟警察合作，你們照原路回去，不要再來。」鐵條說完正要轉身進屋裏。

「艋舺一半給你，怎麼樣？」刑事組長馬上說。

鐵條轉向刑事組長看著他。

刑事組長不出聲，等他決定。

鐵條今天打下的地盤，在很多關鍵時刻都不是用理智，因為在艋舺這種地方太多瘋子，理智不能幫他做出有利的決策，只能憑感覺。鐵條看著眼前這四個人，看了有兩分鐘不說話，一直到感覺放心，才對身邊的人說：「讓他們進來。」

四個人走進屋內，感覺非常不好，因為門口那四個拿武士刀的人跟在他們後面，完全看不到他們會有什麼舉動。

鐵條的房子是他們見到少數在艋舺中用水泥蓋的房屋，房子裏面也不會很大，屋內先看到的是牆角一張雙人床上躺著4個裸體的女人，3個年輕的女孩和一個中年的婦女，似乎都是處於用毒中的昏迷狀態，偶爾聽到其中一兩個說幾句模糊不清的話，旁邊的一張桌子上有好幾疊鈔票和好幾個剛剛用過的注射針頭和鴉片煙管。

鐵條坐在一張藤椅上，點了一支煙，指著他前方的幾張藤椅說：「坐！」

刑事組長和行動組長坐下，兩個迅雷組隊員分別站在兩旁，一直注意旁邊拿著武士刀的四個人。

　　刑事組長：「我們要抓阿源和他弟弟，抓到以後阿源的地盤你來管。」

　　鐵條：「阿源那邊住家多，賭場和鴉片房太少了，沒什麼好賺的，要來幹什麼？」

　　「幫我抓阿源和他弟弟，你想要什麼？」

　　「我要瘋狗的地盤。」

　　「這樣啊！……」，刑事組長摸著下巴。

　　「你想想吧！不行就算了。」

　　「你既然對阿源那邊沒興趣，那這樣吧！幫我們帶路進去抓阿源和他的弟弟，我申請5萬塊的舉報獎金給你。」

　　「我不缺5萬塊，也不喜歡和警方合作，你們不能給我我要的，再多的錢我也不要。」

　　「為什麼那麼討厭警察？」

　　「我16歲就被警察打斷兩根肋骨，現在一變天的時候就會風濕痛。我老母在賣的時候，警察老是來白嫖，她被幹了還沒錢拿，只要遇上這種事，那一天我們全家六個孩子都要餓肚子，我最信不過的就是你們這種人。」將手指狠狠地指著刑事組長。

　　「現在時代不一樣了，這種事已經很少了！國民政府無能，我們有很多時候面對老百姓也很難做，並不是所有的警

察都一樣！」

「國民政府無能跟你們的作風無關，不用說這麼多，我是不會信警察的。阿源他弟弟已經不在艋舺，要我抓阿源的條件就是幫我幹掉瘋狗，其他不用談。」

刑事組長拿出長壽，點了一根，「讓我想想……」，閉上眼睛。

不到半分鐘，刑事組長張開眼說：「先幫我抓阿源，我再幫你抓瘋狗。」

「我不是要抓瘋狗，我是要殺瘋狗。」

「這個沒問題，到時候我就說他持槍拒捕，把他幹掉就行了！」

鐵條再次打量著刑事組長，像是老虎打量著持槍的獵人般，看了約有五分鐘，最後終於開口：「如果你敢騙我，我連你全家一起幹掉！」

刑事組長點頭，「我知道你做得到。」

「說吧！要我怎麼做？」

「你的人對這裏比我熟，後天早上5點，我們在對面大馬路上集合，分成五組，你的人帶路，我的人跟在後面，到阿源有可能在的地方一個一個搜……」

刑事組長一行四人走出鐵條的房子。

鐵條身邊一個年輕人說：「阿爸，這個條子信得過

嗎？」

　　「瘋狗的地盤比我們的值錢多了！可以賭一次。」鐵條
說完慢慢地抽了一口鴉片，再指著牆角躺在床上光著身體的
女人，「給他們四個再打一針！」

　　鐵條和兒子脫光自己身上的衣服，爬上床去。

早上6點。

空氣中還彌漫著寒氣，馬路邊的車子玻璃上還鋪著一層露霜。

思祖背著書包走出巷子來到大馬路，馬上見到十幾輛警車，仔細一看，還有幾個鐵條的人。

思祖的心跳不斷加快，他故意走近警車，先聽到了幾句警察用無線電的對話，「第4隊已經到位，迅雷小組也全部到位，現在只等鐵條的人到位……」。再往前走，又聽到兩個便衣警員的對話，思祖故意把腳步放慢，要盡量多聽一點內容。「幹！明明說好5點行動，現在過一個鐘頭了，我們人到了，他們的人才來一半，讓我們在這邊吹冷風……」。「他們這些混混，都是夜貓子，怎麼有可能天一亮就起床，幹！組長已經帶人進去找他們老大了。」

思祖臉色越來越難看，立刻轉進身邊的巷子裏，接著用跑的，使勁地往大哥看管的賭場跑。

一進賭場，周圍看了一圈，只剩一桌還有人再賭，哥哥靠在角落椅子上睡覺，思祖跑到哥哥旁邊，一邊喘著氣一邊把他搖醒。

哥哥打開眼睛，一看是思祖，「幹你娘！現在幾點來煩我，沒看到我在睡覺啊？」

「我在馬路上看到好多警察，還有鐵條的人，他們準備攻進來！」

「啊？又來了！」哥哥從椅子上跳起來，跑到肥猴面前，「老大呢？」

肥猴：「回家睡覺去了。」

哥哥：「警察又來了，現在在外面大馬路上！」

「什麼！」肥猴嚇一跳，「幹！才剛過沒幾天，現在又來！」

哥哥：「不管怎麼樣，先去叫老大！」

肥猴：「我去把阿支和死狗他們叫來，你趕快去找老大！」

思祖跟著哥哥跑到老大家門口，哥哥用力拍門大叫：「老大！老大！……」

阿源光著上半身，手裏握著一把武士刀走出來，「幹你老母！是什麼大事情要現在把我醒？」

哥哥：「警察又來了，現在在大馬路！」

阿源一下變了臉色，「說清楚一點，有多少人？」

思祖：「我看到十幾輛警車，還有很多便衣，還有鐵條的人要跟他們一起攻進來。」

阿源一下子緊張起來，「你到底有沒有看清楚？」

思祖：「我還聽到他們用對講機說正在等鐵條的人到齊。」

阿源的臉色越來越難看，心想：如果條子根鐵條合作，那就應該早收到艋舺這邊的風聲，知道我弟弟已經不

在這裏，那還要進來做什麼？難道是要報復我幫我弟弟逃走？……。

「老大，現在怎麼辦？」思祖的哥哥說。

阿源這下才回過神。

「你們兩個去把唐教授帶到賭場來找我。」阿源說完回屋裏披上一件衣服，連扣子也沒扣，穿著木屐，握著武士刀，走向自己的賭場。

思祖和哥哥往唐教授家的方向跑去。

阿源進了賭場，見到阿支、肥猴、死狗、大頭，「鐵牛呢？」

沒人敢說話。

阿源大吼：「把他給我找出來，帶來見我！」說完整個臉氣得漲紅起來，「跟你們說過多少次，抽一點鴉片就好，不能打針，一打針整個人就報廢了，你們有幾個人聽我的話？」又大吼：「馬上叫所有人拿傢伙過來這裏！」

這時哥哥背著唐教授跑進賭場，思祖跟在後面。

阿源吸了一口濃濃的煙，然後對思祖說：「回到大馬路上，想辦法再看看他們接下來有什麼動作？你穿著學校制服，他們不會起疑心。」

「嗯！」思祖點頭後朝大馬路跑去。

哥哥把唐教授放在椅子上，阿源過來輕輕打了他幾個耳光，想把他打醒，就是打不醒。

「潑冷水！」阿源說。

手下拿了一桶冷水從唐教授的頭頂潑下去。

秋天的清早，唐教授馬上被冷醒，冷得全身發抖。

阿源將一張賭桌上的桌布大力抽出來，丟給身邊一個手下，「把他擦乾。」

這時候大頭和阿支把昏沈沈的鐵牛帶進來。

阿源看鐵牛一臉不醒人事，用力一腳把他踹倒在地上，「我幹你娘的！報廢了你！」

思祖跑回來，不斷地喘著氣說：「我聽到他們說7點整要進攻，鐵條的人會帶路。」

阿源看了一下手表，6點23分，走到唐教授旁邊，「唐教授，外面有一幫鐵條的人要帶條子攻進來，現在該怎麼打？」

唐教授看著阿源，「一大清早的，我想不出來。」

阿支：「老大，我們只剩35分鐘了！」

思祖：「給他抽鴉片！」

「拿鴉片來！」阿源大聲說。

唐教授抽著鴉片，臉上的肌肉一下子放鬆下來。

阿源：「怎麼樣，有沒有辦法？」

唐教授一邊抽著鴉片一邊搖頭，「還是想不出來。」

阿源走到賭場的角落，拿了一只大榔頭慢慢走回來，心裏想：上次條子被我耍了一道，這次要是被他們抓到，我不被打死也殘廢，要想不出好辦法，就讓你先死！

阿源走到唐教授身後，正想舉起榔頭王唐教授頭上敲下去。

「有了！」唐教授兩眼忽然亮了起來，「拿紙筆來，我用寫的比說的清楚。」

紙和筆立刻拿到唐教授面前。

唐教授細細地再抽了一口鴉片，便開始在紙上寫起來：

眾敵整而將來，待之若何？
—— 敵軍人數眾多，如何對待？

先奪其所愛，則聽矣。兵之情主速，乘人之不及，由不虞之道，攻其所不戒之。
—— 先奪取敵人的要害，就能使他聽從我的擺布。用兵貴在神速。乘敵措手不及，走的人意想不到的道路，攻擊敵人沒有戒備之處。

軍爭之難者，以迂為直，以患為利。故迂其途，而誘之以利，後人發，先人至，此知迂直之計者也。
—— 兩軍爭利最困難的，是要把迂回的道路變為直路，

把困難變為有利。所以要迂迴繞道，並用小利引誘，就能後敵人出發，先敵人到爭奪之地，此乃以迂為直的方法。

故兵以詐立，以利動，以分合為變者也。
—— 用兵以詭詐取勝，以有利來決定自己的行動，以分散和集中來變化使用。

阿源拿起唐教授寫的紙一看，默默念到：「⋯⋯沒有戒備之處⋯⋯用兵一詭詐取勝，以有利來決定自己行動⋯⋯」，看完後來大聲笑了出來，然後說：「好！鐵條竟敢和條子聯合起來幹我，他現在大部分的人都朝這邊攻過來，他身邊一定沒什麼人，我要利用這個機會幹掉他，拿下他的地盤！」

唐教授又抽了一口鴉片，閉上眼想了一下，又再寫下：

圍師必闕。
—— 包圍敵人要留缺口。

阿源再把紙拿起來看，笑得更開心，「哈！哈！哈！⋯⋯我懂，好計！好計！」說完一下露出兇狠的目光。

阿源一個人上了賭場的屋頂，由上往下覽視自己的地

盤，整片由木條和木板釘造的木屋，看了將近有五分鐘，自己在這裏長大，對這裏的地形熟得不能再熟，把地形中所有的小巷道再次居高臨下如同地圖般地在眼前複習一次，然後將目光轉向鐵條的地盤，眉目之間再度露出兇殘的殺氣。

阿源下了屋頂，回到賭場內，「點人數。」

肥猴點了所有人後說：「老大，一共46人。」

阿源一下火起來，「幹你娘的！我記得我一共養了60幾個兄弟，為什麼現在變成46個？」

肥猴：「就……有的找不到，有的叫不醒。」

「幹你老母的！」阿源罵得更大聲，「生雞蛋的沒有，下雞屎的有！」

這時候看到一個手下在打哈欠，馬上走到他面前一巴掌把他打得倒退兩步，「幹你娘！要開戰了，你還沒睡醒是吧？」

阿源轉向所有人大聲得說：「這次要攻進來的條子沒有上一次好對付，他們有鐵條的人帶路，速度會比上次還快，但是這裏是我們的地盤，只要大家照我的話做，我保證絕對可以再漂亮得幹他們一次。」看了一下手錶說：「還剩下不到10分鐘，大家好好準備，這次每個人可以拿到1000塊。阿支、肥猴、死狗、大頭，把人分成四組，9個人一組，你們每個人帶一組。剩下的六個人我有其他的事給他們做……」

還剩四分7點，阿源對思祖說：「你跟我上屋頂。」

7點整，思祖在賭場的屋頂上，站在阿源旁邊，看著鐵條的人馬和警隊加上迅雷小組，分別由七個不同入口同時進入艋舺，朝他們的方向靜悄悄地延伸。

　　人數和武器配備之多，思祖一看嚇得兩腳發抖。

　　阿源看到思祖在發抖，往他胸口大力一拍，「怕什麼？做個男子漢，不要怕！」

　　阿源觀察了警方向內伸展的路線後說：

　　「阿支，去大龜的煙房。

　　死狗，去阿青的面店。

　　大頭，去土地公廟的轉角。

　　肥猴，去春枝的妓院。把話傳下去。」

　　思祖下屋頂，把阿源的話傳下去，4組人馬立刻照阿源的吩咐開始行動，埋伏在指定的地點。

　　等警方與鐵條的人一經過，阿源的人馬便悄悄地從後面襲擊，用短小又方便的鐵棍專打他們腳的關節，因為違章建築裏的巷道窄小，不常在艋舺這種狹小空間生活的人還手起來很不靈活，阿源的人馬總是從背後突襲，打了幾下就跑，搞得警方的人總是氣不過得去追，和鐵條的人脫隊，最後迷了路，還弄得一身傷又筋疲力盡，是百般得無奈又沮喪。

　　阿源在屋頂上看著大局指揮，六個不在埋伏隊伍裏的手下就如同傳話兵，阿源一有新的指令，便跑去通報埋伏的人

馬上轉移到下一個地點，再立刻跑回賭場等待下一個指令傳話。

阿源按照自己的計劃，在多處不同的地點突襲，引誘對方照自己的路線變動，一個多小時候，慢慢打出自己要的玩法，對方的走向和情緒已經很容易受控制；很快地，阿源開出了一條通往馬路的小徑。

「叫阿支和死狗那兩組回到賭場。」阿源下了最後一道指令，爬下屋頂。

阿源走進賭場，看到鐵牛還不省人事，「把這個廢物給我綁起來！」

等阿支和死狗這兩組人回到賭場，阿源帶著他們和思祖走進自己剛才在屋頂上誘敵所策劃開來的小徑，來到大馬路，每個人把武士刀藏在褲子裏，輪流慢慢地一個個走過馬路，不讓遠處的警方起疑心，警察也把他們當成一般居民。

等所有人都到了對面木屋區的巷子裏，大家才開始走得快起來，到了鐵條家附近的一個轉角。

阿源：「死狗，等一下你帶你那隊的人到鐵條他的門口大吵大鬧，等30秒後再衝進去。阿支，你那一組的人跟我到他的後門埋伏。思祖，你跟著我。」

死狗躲在轉角牆後，看阿源一幫人悄悄繞到了鐵條的房子後面，便帶頭領著身後一組人走到鐵條家的門口，10個人拔出武士刀，站在門口破口大罵：「鐵條，我幹你娘！給我

出來……」

鐵條從窗戶縫裏往外一看，「怎麼這麼多人！一定是阿源的手下來報仇的。」轉身對兒子和3個手下說：「從後門走！」

五個人馬上抓了武士刀從後門跑出去，一踏出後門沒幾步，立刻被十幾把刀砍上來，死狗一組人踢破大門，從後追上，鐵條和自己的兒子還有3個手下，在二十幾把亂刀中活活得被砍死。

思祖見眼前20幾個人在『幹你娘！』的圍叫聲中把活活的五個人劈成血肉噴飛的景象，當阿源一刀深深插入鐵條的胸口，血柱狂濺，思祖嚇的往後退了好幾步，開始嘔吐。

阿源一身血走過來看思祖一直吐個不停，覺得好笑，「吐完了沒？」

思祖兩腳無力，坐到地上喘氣，臉色慢慢地由白轉紅。

阿源笑了起來，「吐完了就走，事情還沒完！」把思祖從地上拉起來。

所有人走出鐵條的地盤來到大馬路邊。

阿源問思祖：「你說的組長是哪一個？」

思祖：「第3輛警車旁邊，年紀最大的那一個。」

「手裏拿著無線電那個？」

「對。」

「好，你先回去，明天下午來賭場找我。」

思祖慢慢走過馬路，走進小巷內回家去。

阿源：「兩個人去把鐵牛帶出來，在土地公廟那邊等我命令。五個人到第一輛警車前面的麵攤子裏，五個到最後一輛警車旁邊的豆漿店裏，五個到五金行店門口，其他的人留在這邊。我把手舉起來，你們就站出來。我招手你們就衝過來。我走進艋舺，你們就進去。懂不懂？」

「懂！」大夥說。

刑事組長看每隔一陣子受傷被扶出來的都是自己的人，氣得說不出話，每半個小時用無線電問裏面的情況，總是回報「還沒找到人！」，刑事組長氣得把對講機丟在地上，「幹！搞了兩個多小時了，到底是在幹什麼？」

這時候看到阿源朝他走過來，心裏馬上機警起來，不過看他單獨一個人，又沒有任何武器，是不是鐵條的人來問情況？

阿源帶著微笑，慢慢走到刑事組長面前，「組長是嗎？」

「你是誰？」

「我是阿源。」

刑事組長馬上變了臉色，眼光立刻向四周掃了一下，大馬路上前前後後雖然都有警方自己人，可是周圍還有不少來

來往往的行人和路邊攤裏以及雜貨鋪中的人，很難看得出他到底是不是一個人來的？

「你知不知道我現在可以馬上抓你？」刑事組長說。

阿源把手一舉，刑事組長看到前面有兩堆人站出來，回頭也看了一下，又有兩堆人站出來，都盯著這邊看。

阿源不慌不忙帶著微笑說：「馬路兩邊的小巷子裏還有更多，每個人身上都有傢伙。」

「找我幹什麼？」

「你要人，我給你人，拿了人立刻走，一年內不要再來煩我。」

「如果我不要呢？」

「你擡出來的人都已經被救護車接走了，其他的人還在裏面，你現在身邊的人只有十來個，那我就叫所有的人朝你開槍，如果你沒有把我打死，我就把戰場轉移到警察局你的地盤。」

「你敢威脅我！」組長兇狠得瞪著阿源。

「是啊！你如果不受威脅的話，可以試試看！搞清楚，今天是你先來惹我的！」阿源也狠狠瞪著刑事組長。

刑事組長心裏想：如果他說的是真的？萬一……

兩個人互相死瞪著不到一分鐘，刑事組長很快得盤算了一下說：「我就給你一年，你弟弟的事你要是還搓不圓，我會再回來。」

阿源仍然瞪著刑事組長，微微地點頭，慢慢轉身走過馬路，走進艋舺，刑事組長見到阿源其他的人馬也分別過了馬路走進了不同的小巷內。

　　不到兩分鐘，有兩個人把綁著繩子的鐵牛帶到馬路旁的一個巷口，又立刻回到巷子裏。

　　刑事組長：「把那個綁著繩子人帶走，叫所有人收隊。」

　　行動組長帶了十幾個人跟他一起去找鐵條，要跟鐵條交涉說找不到人，交易取消。

　　刑事組長正在擔心，現在變成這個情況，可能鐵條那邊會不好談，想不到行動組長回到局裏告訴他，鐵條在自己家後面和另外四個人已經被亂刀砍死，而且死狀淒慘！刑事組長聽了一下子瞳孔放大，「這個阿源是什麼人？艋舺這個沒人性的地方，可都不是泛泛之輩！」

　　思祖回到家，還不到中午。

　　媽媽：「你怎麼這麼早就回來了？」

　　思祖：「身體不舒服。」

　　「你臉色看起來不太好吧！」媽媽走過去摸他的額頭，「也沒有發燒，……是不是吃壞肚子？」

　　思祖突然跑出門，在外面的水溝旁又開始吐了起來。

　　媽媽跑出來到他身後，拍著他的背，「你今天早上是吃

了什麼東西呀……」

思祖吐得滿臉通紅，喘著氣說：「幹你娘！煩不煩啊？」

媽媽一巴掌往他腦袋拍下去，破口大罵：「幹！你是要幹你外婆是不是？」

阿源回到自己的賭場並沒有鬆懈，立刻重整人馬，叫手下們吃點東西，補充體力，休息不到5分鐘，便開始下一步動作。派出五分之一的人在艋舺四處放話，是鐵條聯合警方要抓自己，他才要殺鐵條；還有，他要接收鐵條的地盤和人馬，他不會趕盡殺絕。

阿源叫阿支、肥猴、死狗去找鐵條的親信，大尾、三郎，這兩個人跟在鐵條身邊幾十年，幫鐵條管帳、處理江湖上的大小事務，尤其是三郎，據說是以一敵十的劍道高手，小時候在日據時代，曾經被日本劍道高手收為入室弟子。

大約兩個小時後，大尾和三郎被『請』到阿源的賭場裏。

阿源對他們兩個人說：「鐵條死了，人是我殺的，因為他先要殺我。現在他的地盤我要接手，你們有問題嗎？」

三郎一臉不屑，不把阿源看在眼裏。

大尾沒什麼表情得說：「改朝換代，誰有能力做誰做主，這是天公地道的事情，你如果給我工作做，我就跟你，

不然請你放我走，我從來沒想過要殺你。」

　　阿源：「你們之前幫鐵條都做得很好啊！只要做一樣的事一直做下去就好了，薪水也不變。」

　　大尾：「我沒有問題呀！所有的生意，我會好好得幫你管下去。」

　　三郎還是不說話，依然一臉不屑。阿源看著他，等他回話。

　　等了約有一分鐘，三郎還是沒說話。阿源使了眼色，肥猴和死狗立刻從身後緊緊得抱住三郎，阿支隨後沖上去一手蒙住三郎的雙眼，一手拿扁鑽往三郎的脖子由左到右滑出了一條血溝。

　　三郎很快就全身無力，越掙扎血噴得越多，阿支、肥猴、死狗緊緊抓著三郎，死都不放，三個人身上和臉上都是三郎暗紅色的鮮血，一直到三郎完全不會再動，全身癱軟掉為止。

　　大尾站在一邊看得直冒冷汗，不斷得吞口水。

　　阿源：「快點清理一下！流這麼多血，臭的要死！」轉身對大尾說：「走！現在跟我過去分配一下鐵條那邊的生意，我要調一些這邊的人過去……」，阿源和一幫手下走出賭場，大尾緊緊跟在一旁。

　　當天下午，艋舺所有人都知道，阿源接手了鐵條的地

盤，也接收了他所有的人馬。阿源把自己一半的人調到對面去管理賭場和毒品的生意，把對面三分之一的人調過來管理妓院和賭場的生意。

　　本來三分天下的艋舺，現在暫時是兩國的局面。

下午，思祖放學後到賭場。

阿源一見到思祖走進來就喊著對他招手，「思祖，過來！」

思祖走到阿源面前，「老大！」

阿源：「你小小的年紀卻還有兩下子，乾脆過來跟我吧！」

思祖猶豫了一下說：「我……我答應了我老爸，要把國中讀完。」

阿源：「你小學都畢業了，還讀什麼國中！你考慮看看，我讓你到對面跟肥猴管所有的賭場。」說完丟出一疊鈔票給思祖，「過兩天幫我把唐教授接過來，我要他住我隔壁。」

「哦！」

兩天後，思祖和哥哥去找唐教授，要把他帶到阿源家隔壁去住。

唐教授：「你們幫我把我的書還有我的水壺和床也搬過去。」

哥哥：「老大都幫你準備好了，你人過去就行了。」

唐教授：「這樣啊！這麼周到，不過我的書不帶走可不行！」

思祖：「你先過去，等一下我找個拖車回來幫你拿，你

別擔心！」

唐教授：「那好吧！」

三個人走進阿源房子隔壁的一間木屋。

唐教授進門一看，「比我的房子還大，還有水電爐和電鍋呀！棉被也是新的！開心得笑了出來，看到桌上還有三罐鴉片，「還有鴉片啊！這怎麼好意思呢！」

沒多久，阿源帶了一個40多歲的女人進來，「唐教授，這個地方還可以吧？」

「哎呀！感謝，感謝！不知道……這房租是多少？」唐教授說。

阿源：「不用房租，這個女人會照顧你，她就跟你住，晚上隨便你用，以後飯菜錢我會固定給你，每個禮拜我會叫人送鴉片過來。」

「啊！這怎麼好意思啊！」

「不用不好意思，從今以後，你做我的師爺就行了！」

「好，好，好，沒問題！」

「我這幾天比較忙，對面的地盤剛剛拿下來，過一陣子再來找你泡茶。」

「好的，好的，隨時歡迎啊！」

「我先走了，有什麼需要的話，到賭場來找我，我不在的話，隨便找個人傳話給我就行了！」

「好！好！您慢走，慢走！」唐教授笑著臉送阿源出門。

等所有人都出去後，唐教授把門關上，趕緊坐到桌子前，點了鴉片猛抽起來，大大吐了一口煙，然後閉上眼說：「真是好貨啊！」接著睜開眼睛說：「來，過來，妳也來一口！」

中年女人走過來坐到唐教授旁邊，唐教授把鴉片湊到她嘴邊，讓這個女人也抽了起來。

唐教授：「妳叫什麼名字啊？」

「阿霞。」

「阿霞啊？」唐教授皺了眉頭，「換個名字好不好？」

「好。」

唐教授再抽了一口，想了想，突然兩眼一亮，「叫秋月好不好？」

「好。」

「太好了！太好了！」唐教授開心地說，「來，再抽一口。」把鴉片又湊到她面前，「抽大口一點。」

唐教授自言自語：「春花秋月何時了，真是好名字！」說完站起來走到秋月身後，「繼續抽，不要停！」，伸手繞到秋月胸前，把她身上的扣子一個個解開，雙手不斷地搓揉著她兩粒垂吊出來的乳房……

一個月後。

剛過正午，阿源身後帶著兩個手下，走進了唐教授的屋子，唐教授和秋月光著身子躺在床上還沒睡醒。

「叫他們起來。」阿源說。

兩個手下去把唐教授和秋月叫醒。

唐教授醒來睜眼一看，「老大，您來了！」趕緊伸手去拿床邊的衣服穿。

秋月睜開半個眼，懶懶散散得穿上內褲。

阿源：「洗個臉過來吃飯，我在隔壁等你們。」

20分鐘後，唐教授和秋月走進阿源家。

阿源對身後一個阿婆說：「做飯！」，再對唐教授說：「坐！最近都在幹什麼？有沒有缺什麼東西？」

唐教授：「沒有，都沒缺！」

「你的秋月有沒有好好照顧你？」

「有，她做得都很好。」

「現在對面的生意還不錯，找個時間你跟我過去看看，看有什麼可以再改進的。」

「好。」

兩人聊了沒多久，煮好的菜都端上了桌子，一共五菜一湯。

「這麼多菜呀！」唐教授說。

阿源轉身對身後兩個手下說：「來！都過來吃飯。」

所有人圍著飯桌坐下來，秋月不時地幫唐教授夾菜。

吃飽飯後，阿源對唐教授說：「唐教授，我們來一口？」

「好。」

阿源對所有人說：「全都出去。」

阿源和唐教授坐到客廳的藤椅上，等所有人都出了屋子，兩人才開始點起鴉片管，輪流抽了起來。

「唐教授，我想把瘋狗的地盤拿下來，你有沒有辦法？」

唐教授一下子愣住，過了好一會才回過神說：「瘋狗的地盤可是我們的五倍大呀！」

「實際上是六倍。他那邊有大約300人，是我現在的三倍多，手下能帶兵的有四個。這一個月來我不斷地看，不斷地想，還是想把它拿到手。」

「雖說食君之祿，擔君之憂，但這可不是件容易的事啊！」

「唐教授，你搬來艋舺幾年了？」

「我也記不太清楚了，有七八年了吧！」

「你堂堂一個教授會搬到艋舺，想必是命運帶給你很多的不得已，雖然艋舺是臺灣社會最下層的地方，但如果你能

在這個地方做出人生一番大事業，你這一生還有什麼好遺憾的呢？」

這一番話讓唐教授整個人呆住，手上的鴉片管掉到地上，他動也不動。

阿源的嘴角露出滿意的微笑，似乎一切都在他要的情況下發生。

阿源站起來，慢慢走出門，10分鐘後，帶來一個比秋月更年輕的女孩走進來，唐教授仍然坐在藤椅上，雙眼深沈，動也不動。

阿源對堂教授說：「我們現在演的是三國演義，你已經幫我拿下了一國，還剩一國整個艋舺就是我們的。你是我的宰相，宰相就應該有宰相的款待。這是春花，以後她就和秋月一起服侍你。過幾天我們一起去看看地形再來談對策。」轉頭說：「春花，帶唐教授回去休息，好好服侍他，乖乖的聽話。」

春花過去攬住唐教授的手腕，扶起唐教授走出大門。

當晚，唐教授的床上有兩個裸體的女人還有上好的鴉片，可是他整晚一個人坐在客廳，沒上過床，沒說過一句話。

第二天。
唐教授走進賭場，朝阿源走去。

阿源在其中一張賭桌前坐莊，看見唐教授走過來，叫身邊的手下過來接手，然後走向唐教授，兩人面對面。

　　阿源：「這裏太吵，出去說。」

　　在賭場外面，唐教授帶著嚴肅的眼神，「好，我幫你！」

　　阿源露出意料中的微笑。

　　唐教授：「我需要幾件東西。」

　　「你說。」

　　「三個高倍數的軍用望遠鏡。在賭場旁邊蓋一個高兩層半的房子，不高不低正好兩層樓半，窗口面對瘋狗的地盤。派出15個人分散住在瘋狗的地盤中，每三天跟我匯報一次瘋狗的動態。我需要畫出艋舺的地圖，明天起讓思祖每天帶我進瘋狗的地盤兩次，白天一次，晚上一次，給我三個保鏢防身。」

　　阿源笑著說：「沒問題！」

每天早上5點半，唐教授竟然弄了鬧鐘起個早，生活積極起來，在思祖上課之前，由思祖帶路到瘋狗的地盤去繞路看地形，畫地圖。

　　唐教授對身後三個保鏢說：「你們跟在我後面，離遠一點，不要讓人看出我們是一起的。」

　　唐教授邊走邊問思祖：「你以前有沒有到過這邊？」

　　思祖：「小時候跟我哥和鄰居的孩子，每隔一陣子都會玩到這裏，後來就越來越少了。」

　　「最近呢？」

　　「幾個月前和朋友過來這邊嫖過妓。」

　　唐教授往思祖的頭拍下去，「你才幾歲，就開始嫖妓！」

　　思祖用不爽的眼神看著唐教授。

　　唐教授：「除了嫖妓呢？什麼時候還會過來？」

　　「學校有一些同學住在這邊，會過來這邊找他們。」

　　「你覺得這邊和我們那邊有什麼不同？」

　　「除了他們這些巷子比我們寬一點點，其他沒什麼不同。」

　　「你不覺得我們那邊大多是住戶聚在一起，越往裏面賭場、煙房、妓女戶越多，他們這邊的賭場、煙房、妓女戶都分散的比較平均，每隔一段距離，就有一間。」

　　「對呀！」思祖睜大眼說。

「還有他這邊的水溝比我們那邊多。」

「嗯！」思祖往下看了以後，不斷的點頭。

「不過奇怪啊！」唐教授說。

「怎麼了？」

「怎麼越裏面越乾淨？」

「是啊！你沒說我都沒注意到！」

「地上的垃圾越來越少，老鼠和蟑螂也少見了！為什麼呢？」唐教授皺著眉頭，想不透！過了一會兒說：「知不知道瘋狗的家在哪裏？」

「聽說在最裏面。」

「這就對了！」唐教授眼睛突然大睜，」趕快叫我們後面三個人退出這裏，叫他們先回去，快點！」

思祖回頭正要跑去跟後面三個保鏢說。

「用走的，不要跑！」唐教授說。

思祖走到後面三個保鏢面前，要他們馬上回去，他們見唐教授對他們點頭，便轉身往回走。

唐教授看他們走遠了，周圍看了一下，確定沒人跟蹤，才放心喘了一口氣，「走！我們再往裏面走，看能不能找到瘋狗的房子？」

兩人又往裏面走了大約20分鐘，看到前方一個房子，外面有兩個拿著武士刀的人守著。

「應該就是這裏了，可以了，我們回去吧！」唐教授說。

唐教授回到家，馬上在紙上把剛才走過的路線畫上去。

思祖：「我們晚上什麼時候再去一次？」

唐教授：「明天再去吧！我太累了，想不到老得這麼快。」喝了一口水說：「明天晚上8點過來，我們再去。」

「哦，那我去上課了！」思祖走出門。

唐教授照剛才的印象趕緊把圖畫上，「春花，過來扶我到床上。你們幫我捶捶腿，我今天累死了！好久沒走過這麼多的路！」

上了床，秋月把鴉片拿過來給唐教授。

唐教授：「不抽了！我要想事情，你們抽吧！」

春花和秋月抽了幾口，開始幫唐教授捶腿。

「你這幾天抽的很少。」秋月說。

「有事情要做，抽了腦子不好想事情嘛！」唐教授說著，摸著秋月的大腿，另一只手摟著春花的腰，享受著他們兩個女人在身旁的服侍和體香。

隔天晚上，

思祖來找唐教授，「唐教授，你這兩天看起來氣色不錯，比較有精神！」

唐教授：「是嘛？那是好事呀！」

兩人一起走出屋子，和三個保鏢走進瘋狗的地盤。

唐教授一直往上看。「唐教授，你在看什麼？」思祖說。

「看電線桿。」唐教授說。

「電線桿？」

走了一陣子，唐教授又叫思祖去把後面三個保鑣先撤走，他和思祖再往內繼續走進去。

「不對呀！真是不對呀！」唐教授自言自語的說。

等走到瘋狗的屋子，遠遠看到三個帶武士刀的人守在門口，又調頭返回。

隔天下午，唐教授到賭場找阿源，「跟你談談瘋狗的事。」

阿源和唐教授一起走出賭場，到阿源家。

唐教授：「艋舺基本上是一個U字地形，現在馬路兩邊是你的地盤，中間是大馬路，最下面把馬路兩邊連起來的是瘋狗的，一般人到處走不管去誰的地盤都沒有問題，可是只要是幫派的人一過界，就會讓當地的人敏感起來。

這幾天我過去看了幾次，我覺得有幾件事情很奇怪，瘋狗那邊和我們這邊比起來，他們的巷子比我們寬，大部分都有水溝，水溝裏都是流動的水，瘋狗的屋子在最裏面，越裏面越乾淨，垃圾清的越勤快。

我們這邊和以前鐵條那邊都一樣，約靠馬路外面居民約多，越裏面三教九流越多，但是瘋狗那邊，賭場、煙房、妓院分散的很平均，不會聚在一起。

賭場、煙房、妓院分散得平均，水溝流通，內部清潔管理，還有最讓我想不通的是，所有艋舺的違章建築全都是接大馬路上的電線桿偷來的電，可是他那邊有好幾處沒有電線桿，卻還是用電燈泡，不用蠟燭，那是什麼意思？」

　　阿源想了一下，「難道他們有發電機？」

　　「不可能，艋舺的老百姓怎麼可能買得起發電機！我到處走，到處找，也聽不到，找不到有發電機。」

　　阿源皺著眉頭，怎麼也想不通，「難道……臺北縣政府已經給他們供電？」

　　「我當初也這麼想，但是後來我不這麼想了！如果是政府給他們供電，那應該是從靠近大馬路的住戶開始，由外向內，怎麼會由內向外呢？換個角度想，如果你自己有辦法讓艋舺開始正式用電的話，你會從哪裏開始？當然是由你自己住的那一區開始，對不對？」

　　阿源微微點頭，「嗯！……」

　　「所以這表示縣政府已經開始讓他們『正式』的合法居家用電，這是瘋狗他去和縣政府談來的，不是政府都市計劃給的。既然政府要給瘋狗，那表示瘋狗他已經和縣政府達成某種協議，我們不知道他給縣長什麼好處，但是看得出來，他規劃他的地盤水溝流通、垃圾有效管理，賭場、煙房、妓院的平均規劃，這都是很明顯的跡象。

　　我們的地盤和瘋狗的是相連的，沒聽過整片市區規劃

是只規劃一半，另一半不管，這不合理。如果他的地和你的地中間分隔，這還有可能，但是連起來的地，只規劃一半，絕不可能；也就是說，瘋狗早晚會把你的地盤拿下，和縣長一起合作開發建設。你的地盤不管是用搶的，還是用法律途徑，他會用著兩種方法的其中一種。」

阿源的臉上出現了憤怒與不安。

唐教授接著說：「我們必須先出手，不管用什麼方法，等整片艋舺的地盤到了手，馬上去和縣長見面，維持當初瘋狗和縣長的協議，由你來取代瘋狗。」

「那就不能拖太久了！」阿源狠狠得說。

「孫子兵法最高境界是不戰而屈人之兵，不出兵而戰勝敵人，不是談判就是暗殺。有沒有可能暗殺瘋狗？」

「這很困難，瘋狗四個貼身保鏢裏兩個是他弟弟，一個是他女婿，連買通都不太可能；而且只要有生人一過界，他們就會立刻敏感起來，整個地盤上的人都會。」

唐教授嘆了一口長氣，「那只好出兵了！我們沒多久才把鐵條的地盤拿下來，難保瘋狗不會防我們，必須出奇不意，攻其不備。你放心！我會好好做出一盤計劃。」

阿源點頭。

阿源照唐教授的意思，派了15個人住進瘋狗的地盤，表面上天天吃喝嫖賭，和一般艋舺的居民沒什麼兩樣，他們除了每三天向唐教授報告當地的情況外，還有一個目的，就是

在阿源進攻的那一天，起到裏應外合作的作用。

　　十天後，在阿源家裏，只有唐教授和阿源。

　　唐教授：「派出去的15個人，已經陸續的來跟我報告過，目前瘋狗的地盤沒有什麼不一樣的狀況，這表示瘋狗至少在過去的10天裏還沒有要出手的跡象。

　　我這幾天一直在研究瘋狗那邊的地勢，從軍事角度來看，他位座U字行中央最下方，可以同時發令左右兩邊的攻防，要打入他的中央要害，是困難重重。從風水的地理形勢看來，他背山面敵，如帝王穩坐龍背，雙臂外伸，兩手牽制敵營，屬大利。」

　　阿源有點不耐煩，「你不用跟我說這麼多，只要告訴我怎麼樣才能幹掉瘋狗！」

　　唐教授不急不躁得說：「老大，你不要擔心！天地間利與弊是共存的自然律，他的缺點在只要我們一打進中央深部，因為他背部靠山，便走投無路。他的人馬比我們多，如果能掌握地形之利，分散進攻，就能破解他的主力。最重要是我們必須採取主動，仗一定要在他的地盤打，不能在我們的地盤，因為我們的地盤小，稍微一有破綻，他很快就可以進入我們的內臟，加上我們的地是由馬路分為兩半，只要失去一邊就不好支援，在我們的地盤打風險太大。瘋狗如果攻進來，一定會先把主力集中在其中一邊，次力留在另一邊，

我們很難猜到是在哪一邊。我已經幫你過一卦，我們採取主動向南出兵，4天後的禮拜一下午5點是最佳時機。」

「你連卜卦都會？」

「以前讀過一點易經。」

阿源轉過身在屋子裏慢慢得來回走動，接著深深得吸了一口氣，「要麼大成，要麼大敗，要來的終究要來。既然你早晚會打過來，好！就禮拜一！」阿源口氣剛硬，下了決心。

唐教授：「我建議我們採取古代兵法中的『雁行陣』，前鋒如大猿猴似的張開兩臂環抱左、右，後衛像野貓那樣猛撲上去，三面夾擊，把你最猛的人安在後衛，當瘋狗的人忙著應付兩邊的人馬，我們就一鼓作氣，指搗他的中心要害。這種兵陣，最適合對付瘋狗U字形底部的半圓地盤，這樣他便不能突破羅網，他的後背是山，要逃走也是走投無路。」指著地圖解釋給阿源聽。

禮拜一，下午4點。

阿源、唐教授、思祖，在賭場旁邊剛剛蓋好兩層樓半的頂房裏，用軍事望遠鏡看了快一個小時。

唐教授：「瘋狗那邊沒什麼異狀，應該沒有防備。」

阿源：「4點50分了。思祖，通知兩邊的人，照計劃準時進攻。」

思祖跑下樓去通報。

5點整一到，

馬路各兩邊的人馬每個人手執長棍，長棍的頂端都綁著鋒利的尖刀，他們的指令是直攻到瘋狗地盤的最底部，目標是瘋狗。用長棍綁刺刀是唐教授的意思，戰場上兵器長一寸，就多一寸勝，少一寸險。

一出兵阿源和唐教授手拿望遠鏡不斷觀望，我方的人馬進入瘋狗三分之一的地盤之後，瘋狗的人馬開始出來反擊，這都在意料之中。

2分鐘後，唐教授從望遠鏡裏看到瘋狗地盤內部一個特別高的房子，有一個人站在屋頂上，拿著不同顏色的旗子，不斷揮舞。沒多久，左右兩邊每隔大約一公裏的屋頂上，又出現了幾個揮舞棋子的人。

唐教授嚇了一跳！這表示瘋狗的人馬全部都是接受發號施令在行動，萬萬想不到，瘋狗有這種系統式的頭腦！

唐教授再用望遠鏡仔細得看進攻的狀況，每次對方的人在屋頂上變換旗子的顏色，瘋狗的人馬就跟著變換攻略，時進時退，搞得阿源的手下前後追著跑，消耗了不少體力；再把望遠鏡攑高一看，對面也有人拿著望遠鏡朝自己這邊看著。

　　天色過了沒多久就開始轉暗，太陽一沈入西山，屋頂上揮旗的人都下了房頂，接著開始聽到敲打鍋子響聲，瘋狗的人到處亂跑，感覺就像鬧了火災，敲銅打鐵，亂七八糟！

　　阿源笑著說：「你看，瘋狗那邊已經大亂，人都開始逃了！可以出動我們的主力武士刀隊了！」

　　「等一下！這是孫臏兵法中的『贊師』。」唐教授驚駭地說，「老大，你仔細聽！這敲鍋打鐵的聲音其實是有規律的，它是一個接一個地傳遞出來！」

　　唐教授說完拿著望遠鏡到處看，到處找。過沒多久說：「老大，現在天還沒完全黑，你仔細看10點鐘和2點中的方位，各有兩撮人拿著武士刀在那裏埋伏。」

　　阿源立刻拿起望遠鏡朝唐教授所說的方向看去，天色昏暗，看了好久，才找到唐教授說的兩個埋伏點，果然兩邊各有上百人埋伏，每個人手上都持有出鞘的武士刀在暗中等候。阿源臉色大變！

　　唐教授：「孫臏兵法中的『贊師』，也是孫子兵法中的『金鼓齊旗勝』，就是先用旗幟做傳令信號，等天黑再

用敲鑼打鼓，接著人散亂跑，讓人覺得軍緒混亂，陣勢不整，目的是誘敵出兵。今天他們有高人在，我們絕不能魯莽進攻，他引誘我們出兵，一定有所謀策，我們一中計，對方變成主動，我們就非常危險。」

阿源一下不知道該怎麼辦，「幹你娘的！」氣得把望遠鏡丟到地上。

唐教授：「老大，現在真的不能再打下去，瘋狗不知道還有什麼計謀是我們看不到的，太危險了，先收兵吧！」

阿源緊緊咬著牙齒，大大得不甘心，再次破口大罵：「我幹你娘的！」然後在原地來回走了幾圈才不甘情願的說：「已經打進一半了，就差一半！」接著大喊：「思祖，傳話下去，把所有人叫回來。」

唐教授：「老大，請傳話下去，叫所有人守在邊界，防止他們過界，一直守到天亮。」

阿源點頭，「走！」

三個人一起走下樓。

唐教授跟著阿源走進賭場，這時候阿源已經比較冷靜。

唐教授：「要不是他們露出破綻，在天還沒完全黑就開始敲鍋打鐵，讓我們看到他們有人埋伏，我們今天可能已經全軍覆沒，還好我們潛伏在裏面的15個人還沒有行動，沒有暴露，一定要叫我們這15個人打聽出對方這個懂兵法的高人

到底是誰，他能幫瘋狗參謀，和縣長交易，能在艋舺做社區規劃，又懂孫子兵法，要幹掉瘋狗，一定得先把這個人找出來做掉才行。」

「叫我們藏在對面的那15個人回來見我。」阿源說完一臉怒火得走出賭場。

唐教授自言自語：艋舺這種地方怎麼可能出這種人才？唉！天下想不到的事情真是太多了！

阿源家中。

阿源一邊嚼著檳榔，一邊對著站在他面前的15個人說：「你們這幾個在那邊真是好吃好住！才10天就花了我一萬多塊。賭小一點，免得引人注意！」口氣大聲起來，「我要你們找一個人，這個人和我們艋舺的人不一樣，不過他和瘋狗走得很近，想辦法多打聽一下。記住！打聽的時候，問得有技巧一點，不要讓人懷疑。」

唐教授：「一有消息馬上回來通報，不要拖！」

阿源：「聽到沒有，都回去吧！」

15個人陸續走出了門。

唐教授：「等到發揮作用時，花在這15個人身上的錢就值得了！相守數年，以爭一日之勝，萬不可愛爵祿百金。」

「都聽不懂你在說什麼！」阿源說。

過了三天。

15個人中有兩個人回來通報，第一個說看到有穿軍官制服的人和瘋狗同進出。另一個說，昨晚和瘋狗的手下一起喝酒，打聽到瘋狗有一個外甥，是軍政幹校畢業的，現在在國防部工作。

這對艋舺的人來說算是非常高的學歷，還在政府部門做事，的確是很不平常的事！

阿源看向唐教授。

唐教授：「讓15個人全盯住這個穿軍官制服的，如果他一離開艋舺，馬上上計程車跟著他。還有，打聽這個穿軍官制服的人叫什麼名字，他很有可能是瘋狗的外甥。」

阿源：「照唐教授的話做，把話傳下去。」

晚上大概10點多。

穿軍官制服的人從瘋狗家走出來，到了大馬路，揮手攔下了計程車，阿源的一個手下一直跟著他，馬上在他後面也攔下了計程車。

計程車在一所軍校門口停下來，穿軍官制服的人走進軍校，門口的警衛向他行了軍禮。

阿源的手下馬上下車跟在後面，走到門口警衛那裏，「剛剛進去那個好像我以前的同學，他是不是陳志強？」

「不是。」警衛說，「他是我們這裏教戰略課的教官。」

「他不叫陳誌強？」

「他姓吳。」

「他叫吳什麼？」

「你問那麼多幹什麼？」

「他太像我以前的同學了！」

「你認錯人了！」警衛開始不耐煩，「走！走！走！不要在這邊逗留！」

阿源的手下馬上再坐計程車回到艋舺，把剛才問到的事全告訴阿源。

　　第2天早上，阿源撥了電話到軍校，「你好！我這邊是中央廣播電臺，我們約了你們戰略課的吳教官明天到我們電臺來做節目，可不可以給我們一些吳教官的資料，我們節目預告的時候可以做個介紹。」

　　「你需要哪方面的資料？」

　　「不用太多，像是他哪個學校畢業？以前做過什麼？現在在教什麼課？」

　　「我請他回電話給你，讓他自己跟你講好了！」

　　「我們預告馬上要開始了，我需要的不用太多，只要15秒就好了，你跟我說一點就行了。」

　　「這樣啊！他在我們學校畢業後，在國防部戰略組工作，現在是參謀中校，同時回到母校和政大兼課，教政治和戰略，我知道的就這麼多了。」

　　「請問吳教官的全名是……？」

　　「吳大年。」

　　「這樣差不多夠了，謝謝您！」

　　「不客氣！」

　　阿源把電話掛下，走到唐教授家。

　　唐教授：「老大，你來了，請坐！」

　　阿源對春花和秋月說：「你們出去一下。」

阿源看春花和秋月出了門才開口：「那個穿軍官制服的資料有了。」

阿源把剛才電話裏聽到的都告訴了唐教授。

唐教授聽了臉色越來越沈重，「原來我們是跟國防部的參謀官在鬥法！」深深的吐了一口氣，「政治學的課裏包括外交、都市建設、農業、經濟、兵法，這些他都懂，難怪瘋狗他如虎添翼！」

阿源睜大眼說：「怕什麼？我找個機會把他幹掉不就好了！」

「絕對不行！國防部的人不能動，會招來軍方和警方的介入。艋舺在他們眼中不過是個三不管地帶，我們是自己人打自己人，他們不會理，警方更恨不得我們自相殘殺，他們再來收拾殘局接手領功。吳大年是私下幫他叔叔打天下，和官方無關，但是他一出事，官方就會介入。」

「幹你娘的！真是麻煩。」

「沒錯，是比較麻煩！就算我們到時攻進去殺了瘋狗，都不能碰他，一定要吩咐所有人，不能動穿軍服的。」

阿源一臉嘔得，深深得抽了幾口煙，好久都沒說話。

唐教授：「這種人仗著自己是科班出身，心裏一定認為自己比我們這些下三濫還高人一等；避而驕之，引而勞之，我們應該避其銳氣，使其驕傲，然後攻其不備，必須持以長久。上次他們在短短五分鐘內就能整齊防備，看來這場仗要

比預期會打得久一點！

　　現在我們要做的有兩件事，第一，找人好好跟住這個吳大年，記錄他進出艋舺去教課的固定時間，我們不能動他，但是可以在外面牽制他，等到他下課之後拖住他不讓他馬上回來，我們就利用這個時候打進去。第二，請你挑出兩個勇猛但不聰明的人，讓他們帶人打進去，他們可能要犧牲。一來，是讓瘋狗自大，得意的人就容易忘形。二來，我才能試出他們陣法的弱點在哪裏。」

　　阿源笑著說：「犧牲我的人？唐教授，你也開始狠起來了！」

　　「得天下者，玩的都是掉腦袋的事，不狠何成大事！」

　　「哈哈哈！……」阿源滿意得笑了起來，「不愧是我的軍師，哈哈哈哈！……」

阿源讓手下花了兩個禮拜的時間，把吳大年外出艋舺去教課的時間都記錄下來，再挑兩個從小起就跟了他三十幾年的兄弟，大頭和死狗去打頭陣，這兩個人非常附和唐教授要的條件，勇猛又不聰明，他們曾經為了阿源的地盤在身上多加了十幾條又深又長的刀疤。

　　唐教授挑了一個吳大年離開艋舺的正午出擊。

　　和上次一樣，阿源、唐教授、思祖在出兵前一個小時就上了賭場旁邊高兩層樓半的房裏，拿著望遠鏡不斷地觀望。

　　唐教授拿了3個銅板在一個碗裏蓋住，搖了3下卜了一卦，看一下手錶，再向窗外吐了口水看風向，「老大，卦象和風向看來現在是最佳時刻。」

　　阿源對思祖說：「叫大頭和死狗殺進去！」

　　思祖跑下樓去傳話。

　　唐教授：「等一下叫所有人，不管發生什麼事，都一定要死守在瘋狗地盤的邊界，不能越界，斷他們兩班人的後路，讓他們沒有後援，這樣他們才會殺得猛付出全力。只要大頭和死狗殺得猛，吳大年的陣法才會明顯。

　　瘋狗手下有300個左右，可是上次的戰局裏，只看到他們大約有230個，還沒有全盤盡出，真正實力上還有七八十個保留，這次一定要把他們全部逼出來，這隱藏的七八十人，一定是他們的主力，只要他們一出現，我就能知道他們用的是什麼陣法，就能看出破綻。」

阿源丟了一顆檳榔進嘴裏，一邊嚼著一邊笑，露出得意又兇狠的眼神。

秋末即將入冬，寒冷的空氣中，吐出來的都是霧氣。

大頭和死狗各帶20名武士刀手，分別從瘋狗地盤的左右兩側同時進入，他們照唐教授的吩咐，跑得非常快，爭取越深入對方的盤裏面，再和瘋狗的人馬交手。

阿源和唐教授拿著望遠鏡看著大頭和死狗領著人馬沖刺，不停地快進，幾乎進到了瘋狗一半的地盤，瘋狗的人才殺出來。

「幹得好！」唐教授看著望遠鏡說。

很快地，瘋狗的陣法顯現。

有一個揮旗的人站上中央屋頂，抵擋大頭和死狗的人馬在兩邊交戰，兩邊前方約3一公里的轉角處聚集了一些武士刀手。

大頭和死狗幹掉了對方所有的人，自己也損失了幾乎一半人數，身上的衣服都被染成一片血紅，接著繼續往前跑。

「突破第一層了！」阿源微微得笑著說，「這兩個人從12歲的時候就跟著我混，還是和當年一樣『帶種』！」。

沒多久，大頭和死狗兩幫人馬再深入至瘋狗四分之三的地盤，死狗一幫人在轉角處中了埋伏，近百個武士刀隊突然

湧上，死狗整幫人慘死於刀下，武士刀鋒利揮砍，死狗死無全屍。

大頭一幫人也碰上近百人的武士刀隊，他帶隊衝在最前面，獨當一面，刺殺了20幾個人，一身傷痕累累，一直到連跟在身後最後一個兄弟也倒下，回頭大叫：「援兵呢？怎麼還沒來？」

唐教授：「出來呀，快點出來！為什麼還不出來？」

大頭拖著被砍傷的一只腳，身中多刀，就是不願倒下，一聲嘶吼，向前又殺進了一百多公尺，踏過六七具死屍。

「出現了！」唐教授叫了出來。

唐教授苦苦等待的後備主力終於出現了！在瘋狗家前面，20多個人站成兩排，「原來是參照孫臏的『方陣』所演變出來的陣法，這個吳大年真是奇才！稍微改變一下就做出這麼適合瘋狗地形的陣法！」

大頭身後同時被刺進三刀，雙眼布滿血絲，用盡最後力氣說：「援兵為什麼沒來？」，然後倒下。

阿源在望遠鏡中看著滿身血淋淋的大頭仿佛就倒在他的面前，「可惜啊！真是可惜！一個人身上中了這麼多刀，還能向前殺出一百多公尺，再幹掉7個人，除了大頭還有誰，真是沒丟我面子。」

這一次正午十二點出擊，不到一點結束。

吳大年早上8點走出艋舺到大馬路上，攔了計程車去教課。

　　阿源的人開著一輛車跟著他。

　　下午1點，吳大年從政治大學校門口走出來，上了計程車要回艋舺。

　　阿源的人開著車跟在後面，沒多久，就從後面撞上去。

　　阿源的人一個跑去打公共電話，一個和司機吵起來，不讓吳大年離開，要吳大年做證是他的計程車司機緊急剎車，他才從後面撞上的。

　　阿源在家裏接到手下從公共電話打來，「老大，可以了，把他攔住了！」，掛了電話後跑回汽車事故現場加入爭吵，死都不讓吳大年離開。

　　和昨天中午的時候一樣，阿源的人馬分成兩邊同時殺入。

　　瘋狗的陣隊出現得比昨天快，一個揮旗子的人立刻上了屋頂，兩邊各有隊伍預備開戰，其後方各有上百名武士刀手埋伏。

　　唐教授對阿源點頭，阿源對思祖說：「叫第3隊出動。」

　　思祖下樓傳話沒多久，30多名武士刀手從最左邊的小巷裏，沿著艋舺的邊緣前進，左拐右繞得直搗瘋狗家，專走小巷，避開瘋狗擺兵對陣。

　　瘋狗自己從望遠鏡裏很快得看到在艋舺的邊緣，有一幫

人朝著他的地盤前進，他立刻把20多名的主力刀手排上陣，照吳大年之前幫他擺的陣法，讓刀手們在門口站成前後兩排，準備迎接阿源的第3隊。

之前潛伏在瘋狗地盤的15個人，有五個上了中央屋頂，把揮旗手幹掉，沒多久，第二個揮旗手出現，又被幹掉，瘋狗無法繼續調度陣型。另外10個潛伏的人，拿了武士刀，悄悄到了瘋狗家門口加入第3隊，以唐教授幫他們排練過的『鉤形陣』夾攻主力刀。

瘋狗沒了揮旗手能夠調動兵力，一時之間，所有的人馬只能呆在原地廝殺，更無法傳他們回後方支援。

阿源這時候走下樓梯，兩個貼身保鏢手持武士刀跟著。三個人繞開前方兩邊正在廝殺的戰場，走到瘋狗家門口，地上一片血水躺了一堆死人，阿源的人有十幾個都拿著武士刀圍著最後四個正在垂死掙扎的刀手，阿源看他們四個人一身刀傷，滿頭汗，不停得在喘氣。

阿源大叫：「不要浪費時間了，快點解決掉！」

十幾個人一湧而上，四個人的叫聲和死狀淒慘。

阿源踏過這四個人的屍體，一腳把瘋狗的門踹開，並沒有看到瘋狗，看到了上二樓的樓梯，「上去！」阿源吼出來。

十幾個人全都撲上二樓，阿源跟著慢慢走上去，瘋狗兩手各抓著一把武士刀退到牆角，所有人都圍著瘋狗。

阿源一步一步走到他面前，用自己的刀敲了他手上的刀

一下，「瘋狗，好久不見了！你這是幹什麼？你區區兩把刀打得過我十幾把嗎？」

瘋狗雙眼帶著兇光說：「憑你這種角色，絕不可能玩得出孫子兵法，到底是誰在背後幫你？」

阿源說得很輕鬆：「你有你的侄子吳大年幫你，我當然有我的人。」

瘋狗：「他是什麼人？」

阿源：「我那邊風水好，是住在我那邊的人。」

瘋狗大叫：「不可能，我們艋舺不可能有這種人。」

阿源：「要死了還知道這麼多幹什麼？」

瘋狗大聲吼起來：「阿源，我幹你娘！」提起刀朝阿源撲過來。

十幾把武士刀同時對瘋狗刺下，阿源立刻大吼：「我幹！」一刀把瘋狗的頭顱劈碎。

唐教授在望遠鏡裏看到阿源和十幾個手下從瘋狗的房子裏走出來，阿源一踏出房子，朝天敞開雙手仰天狂吼，自己如今五十多歲，孤注一擲，斷送了多少兄弟的性命，竟讓他拿下了一統艋舺的盟主霸位！

唐教授見到此景後，放下望遠鏡笑個不停，「哈哈哈哈……！拿下來了，一統三國了……哈哈哈哈！……」一直笑到咳得不行。

阿源派人到正在廝殺的幾個地點去喊話：「瘋狗已經被阿源殺死，不要再打，所有人到瘋狗家門口！」

　　全部的人到瘋狗家門口，見到瘋狗的屍體倒在他自己家門口，頭顱分裂，全身和臉已呈死白，雙眼沒閉，死狀極其恐怖。阿源坐在瘋狗屍體旁一張椅子上嚼著檳榔，抽著煙，身上沾有不少瘋狗的血跡，「所有人都來了嗎？」阿源說。

　　阿支站在阿源身邊，「應該都差不多了！」

　　阿源從椅子上站起來，往前走了兩步，用手上的武士刀指著地上瘋狗的屍體，大聲說：「這就是瘋狗！你們還要留在艋舺，就把手中的刀子放下，跟我混，不然就離開這裏，我不會趕盡殺絕，但是以後不要讓我和我的人在這裏再看到你。不服的人可以出來跟我單挑。」

　　阿源話說完，有六個瘋狗的人走出來，慢慢地踏過血泊中的幾十具屍體，朝阿源走去。

　　阿源兇狠的臉，露出微微的淺笑。

　　等到這六個人走近，停在阿源前面，慢慢舉起手中的武士刀，阿源不慌不忙得從身後掏出一把槍，在他們每個人身上打出一發，六個人全部倒地。

　　所有人全部呆住，臺灣的70年代，黑道要拿到槍是難之

又難，除非是襲警奪槍。

阿源再看面前瘋狗其他幾百多個手下，「還有沒有？」

瘋狗的人一個個把手中的武器丟在地上。

阿源收編了鐵條的手下後，本來有120多人，這一場戰役後，現在剩下40多人。

瘋狗本來有300多人，現在剩下120多人。

阿源照唐教授的意思，所有歸入阿源手下的人都要登記，才能領薪水。

瘋狗所有的人每一個都向阿源的人登記。這時吳大年回到艋舺，看到滿地的血和滿地的死人，慌張得跑到瘋狗家，一看到瘋狗的屍體倒在門口，立刻向屍體跪下哭了出來，「叔，如果當初聽你的話，採取主攻，今天就不會這樣！叔啊！我對不起你⋯⋯」

吳大年抱上瘋狗的屍體，朝大馬路走去，阿源下令不得阻攔，吳大年從此消失在艋舺。

阿源家，飯桌上擺了十幾瓶金門高粱，地上還東倒西歪20幾瓶，阿源、唐教授、阿支、肥猴、鐵牛，大家喝得連坐都坐不穩。

阿源開心得不停和大家乾杯，最後吐的一塌糊塗。阿支喝到整個人往椅子後面倒在地上，而唐教授早就醉倒在水泥地上呼呼大睡。

阿源和唐教授去拜訪縣長。

兩人在縣政府大廳坐了一天，就是見不到縣長，連縣長秘書也不願意出面。兩人前後一共去了縣政府大樓五次，後來終於懂了，瘋狗可以搭上縣政府是吳大年的關係，一定是吳大年，如果縣長知道阿源把瘋狗殺了，縣長還敢和他們打交道嗎？兩人放棄了與縣政府合作的這條路。

唐教授建議阿源搬到瘋狗的房子住，他認為那裏的風水好。

阿源：「風水好的話瘋狗會死在那裏面？」

唐教授：「他會死是他的劫數，他活著的時候掌管艋舺最大的勢力，也是艋舺中地盤最大的角頭。依照鬼谷子風水法，只要把瘋狗的房子加寬，再加高到三樓，門口前蓋一個小水池，即有飛龍吸水之象，必能旺盛你一國之君氣。」

阿源聽了心裏很爽，嘴上卻一副不在乎的樣子，「好吧！好吧！懶得跟你爭，這個事就讓你去辦吧！風水上還有什麼要改的，你就放手去做，別再來煩我。」

「大門朝北，左邊安一隻石青龍，右邊安一隻石白虎，可擋煞氣，我們幹的是三教九流的生意，就要信邪。」

「還有呢？」

「中國第一丞相管仲說過，國以經濟為本，國要強必須先做好經濟，才能談國之走向。」

「現在整個艋舺的錢都是我在賺，還不好嗎？」

「艋舺的錢只是一直在艋舺裏面轉，我們要讓外面的錢流進來，才能使艋舺富裕起來。」

阿源皺起眉頭，對唐教授說的話好像聽得懂又好像聽不太懂，「這個……經濟……，嗯……把經濟搞好，這個是很好，這個……你乾脆直接說要怎麼做吧！」

「我看了所有艋舺的環境，覺得有3項生意可以對外做的，而且市場會很大。第一項是妓院，我們的妓院多，妓女多，而且在整個大臺北比起來是最便宜的，我們要招攬外面的人進來嫖。」

「招攬？怎麼招攬，難道登報紙做廣告嗎？」

「把一些妓院開到馬路邊，讓經過的人可以看到，讓艋舺晚上變成有名的紅燈區，可以吸引社會中下層的人來這裏花錢。每家妓院的價錢固定相同，不能有些價錢高，有些價錢低，吩咐管妓院的人，絕不能私下亂漲價，連生意好的時候都不行，這樣艋舺的妓院才能做出好名聲，來艋舺嫖的客人才會嫖的順心，不怕被騙。特別是勞工界的人，領了薪水以後來這邊玩女人，心裏知道道每次的開銷是多少，口袋有了錢還會繼續來。這樣艋舺的妓院多、妓女多、選擇多、價錢公道，這些回頭客口口相傳，自然就幫我們傳開了，這就是招攬。

第二項，增加馬路邊的麵攤、蛇肉攤、海鮮攤、快炒

攤子。讓艋舺這個地方看起來熱鬧繁華，成為中下階層在晚上可以流連的地方。艋舺不單是紅燈區，還是有東西吃，有酒喝的去處；讓艋舺附近的居民，在周末的時候會來這裏吃飯、吃宵夜，把它弄得像夜市一樣，才會旺！一年後，如果生意好的話，可以再加一些賣衣服和賣錄音帶的攤子。第三項，做麵條。」

「麵條？」

「沒錯。艋舺裏面所有做麵條的大約有86家，有些有兩臺機器，有些只有一臺，全部加起來一共有大約134臺，這都是艋舺現成的東西。他們每天早上大概八、九點開始做，一直做到下午4、5點，每天的產量，四分之三都銷到外面。其實把134台製麵機一天的產量全部聚集在一起是很驚人的，好比一個麵條工廠一樣。為什麼不把他們集中起來，統一相同的包裝，做你自己的品牌，如果我們的麵條在臺北的商店裏上架，可以在食品界裏占有一席之地，就像我們買醬油都會先考慮金蘭的牌子一樣。到時候，我們就可以考慮增加機器，再加大產量。

老大，你已經拿下了整個艋舺，接下來可以考慮利用艋舺現有的條件，做合法的生意進入臺灣的麵條市場。」

「這聽起來是不錯，不過合法的生意我一天都沒做過。」

「**不知三軍之事而同三軍之政者，則軍士惑矣。**

我們要從外面請懂的人來做。先弄個工廠，再集中機器，集中人手，然後從外面請一個廠長，一個在食品工廠有經驗的廠長。蓋一個辦公室做行銷，從外面請人手，行銷我們自己做，策略才可以自己定。」

「這個……什麼……行銷……這個……你懂嗎？」

「我懂孫子兵法，可以把它用在行銷上，吩咐行銷經理照我們的方向去做。」

「開什麼玩笑！」阿源覺得唐教授太慌妙了！「打仗用兵法，做生意也用兵法？」

「其實天地間所有的哲理是一樣的，進、攻、退、守，計謀、策略，都可以用在打仗，政治，生意，競賽……等等。我們定方向、定策略、定攻勢，讓懂行銷的經理去執行。」

阿源皺起眉頭，「這個……讓我想想。妓院的事聽起來不錯，你就先做這個吧！」

「是，老大。」

阿源心想這個唐教授是不是打仗打瘋了？用兵法做生意！

唐教授吩咐人，把馬路兩邊除了賣吃的小店面，其他的全部趕走，把不少妓院都遷到外面，每間妓院全部統一價錢，不可私下擡價；再命令所有賣吃的店面、攤子，都要賣酒，都要開到淩晨4點。

唐教授如同副幫主，連阿支、肥猴、鐵牛都聽他的吩咐做事。晚上的時候，唐教授常常到妓院去巡查，還告訴阿支、肥猴和鐵牛：管妓院的為什麼每個人的臉都凶的像要幹架一樣，我們是做生意，不是圍事。客人進來要對客人點頭，對客人笑，對客人客氣，和客人聊天。妓院門口要乾淨，蒼蠅亂飛誰敢進來，不可以在門口吐檳榔汁、丟煙頭。沒客人的時候妓女全部站到外面，不可以在裏面看電視。也跟你們說過了，門口要乾淨，妓女站門口的時候，不可以把瓜子殼丟地上。門口髒了，有垃圾，就要立刻掃，我每天都會去看。

　　沒多久，大家都受不了唐教授沒完沒了的規矩，跑到阿源那裏去哭夭。

　　肥猴哭喪著臉對阿源說：我們這裏又不是五星級酒店，搞那麼多名堂，大家都受不了！

　　阿源聽了以後一臉不爽，「我不是早說過叫你們照他的話做嗎？你們現在是不把我的話放在眼裏啦？」嗓門大了起來，「幹你娘的！連我的話都不聽了是不是？」

　　唐教授每晚親自巡視妓院兩趟，只要遠遠的看到唐教授挽著春花和秋月走過來，大家就立刻把妓女叫出來站在門口，拿掃把出來掃。

　　很快地不到一個月，所有人都習慣了唐教授的要求。

兩個月後，艋舺的大馬路上清潔熱鬧，對待客人的態度煥然一新，全然一片新氣象。不到一年，艋舺的名聲傳遍整個大臺北，除了是出名的紅燈區，也是晚上宵夜的好去處，收入一下增加三倍。

　　第二年，妓院和攤子的收入增加7倍，阿源乘勝追擊，再增加115個攤位，其中除了小吃攤位還有一半是衣服攤位，鞋子攤位，錄音帶攤位，阿源賺錢賺到連晚上睡覺都會笑。

　　阿源想：這個唐教授還真有本事！才兩年的時間就讓他做起來了，麵廠的事不如讓他試試看。

　　阿源去找唐教授，「兩年前你跟我說過那個麵廠的事，搞這個麵場要投多少錢？」

　　唐教授：「工廠和辦公室隨便釘一釘，人和機器用我們艋舺現成的，不用什麼錢。從外面請兩個辦公室的職員和一個廠長，加一部包裝的機器，先投個五萬，等都穩定了以後，再加添機器。」

　　阿源稍微楞了一下，才5萬而已！於是說：「好，你放手去做！」

　　唐教授在挨著艋舺邊的一塊空地，搭造了一個大型的製麵廠，聚集所有製麵店的老板，叫他們把製麵的機器搬到這個製麵廠來做，從今以後他們出產的麵條只能賣給阿源，沒人敢說不。唐教授向他們保證，價錢不變，出多少買多少。

生產的麵條統一包裝，還蓋上了阿源自己廠牌的標誌。思祖的爸爸也在這個麵廠裏工作。

一個禮拜後，阿源到麵廠去看了一下，走進麵廠旁邊的辦公室，廠長畢恭畢敬的對阿源端上一杯茶，阿源接過茶杯喝了一口以後說：「麵廠的情況怎麼樣？」

廠長：「都還不錯！現在市面上只有『小美』和『安康』兩個麵廠的牌子，品質和我們的都差不多，月底就可以知道銷售量，目前我們的麵條都是請人家來送，有一點慢，董事長您要不要考慮我們自己買幾臺發財車，這樣也可以開拓整個大臺北區的市場，一些比較遠的雜貨店，我們的人可以自己去推銷。」

阿源：「你想買幾臺才夠？」

「先買五臺吧！」

「好，我看看。」

阿源要走出辦公室的時候，辦公室的職員雙手奉上一盒名片，「董事長，這是您的名片，今天早上剛剛印好的。」

阿源接過手一看，自己的頭銜是『董事長』，如今的地位一下三級跳成了社會中的人上人，從來沒想到過有這麼一天，原來自己已經高人一等，這都是憑我自己一個人做到的，心中飄然起來，自我膨脹一下達到最極端，當下是一生最不可一世的時候，此時才真正感覺到所有艋舺的人都在他腳下，都不如他，身邊所有人說的話都是狗屎。

晚上，唐教授找阿源吃飯。

　　唐教授在飯桌上說：「我今天出了艋舺，在外面看了幾家雜貨店，我們的麵條已經上架，同時還看到『小美』和『安康』另外兩個牌子。我買了『小美』和『安康』的麵條回來吃過，和廠長說的一樣，他們的品質和我們的不相上下，但是在包裝上，卻比我們的看起來美觀。現在市面上的麵條，連我們的就三家，這商場上又是一個三國的局面。**先為不可勝，以待敵之可勝**，先做到不會被敵人戰勝，以等待機會戰勝敵人。」

　　阿源：「你做生意講兵法，我根本聽不懂！」

　　「我們的麵條的品質必須保持現在這樣的水準和新鮮度，『小美』和『安康』就打不倒我們，這樣就是做到自己不會被敵人戰勝，才能等機會戰勝敵人。我們沒辦法讓『小美』和『安康』關門，但是我們可以做到全國70%以上的百姓都買我們的麵條吃，先攻下臺北，再拿下中南部……」

　　阿源聽了覺得像似天馬行空，不切實際，覺得唐教授是不是被目前的成就沖昏了頭，「如果有那麼一天的話，我們能有那麼大的生產量嗎？」

　　「等到那一天來臨的時候，我們的工廠可以擴大。」

　　「現在臺灣一千五百多萬人，70%的人吃我們的麵，那時候我們一天要生產幾包麵？」

　　「現在我們一天可以生產2000多包，如果拿下臺中以

後，擴大工廠，維持一天生產8000包是絕對沒有問題。」

　　阿源還是不太高興，「對於太容易到手的事，我一向覺得不太放心，更何況要拿下臺北，再拿下中南部，這要多少時間？在這些年裏，我都得不斷地投錢進去，那什麼時候才能看得到錢進來，到時候連現在最賺錢的賭場跟毒品都要倒貼進去。」

　　「如果你不放心的話，我們可以把速度放慢，把時間拖長，先拿下臺北的麵條市場，等賺了錢，過一陣子再籌劃開始臺中的市場。」

　　「這個再說吧！」

　　「我想拿一些錢用在廣告上，報紙的廣告，還有一些海報貼在雜貨店。」

　　「那要花多少？」

　　「30萬，報紙的廣告比較貴。」

　　阿源皺了一下眉頭，「先印海報就好了，等你先把麵廠賺進了30萬再來說報紙廣告的事吧！」說完站起來走出門。

　　阿源這個舉動讓唐教授感到很不受尊重，讓他心裏很難受。

　　唐教授一個人走到當初和阿源一起指揮戰場的二樓半房子，獨自走上樓頂，看著窗外艋舺的一整片違章建築，這裏是當初他和阿源一起拿下鐵條和瘋狗拿下整個艋舺的指揮臺，今天他幫阿源成為艋舺的霸主，幫他把妓院的收入增加

了七倍，剛剛他竟然用這種口氣對他說話。

『當初是他一番話鼓勵我要做大事，才讓我從萎靡中再振作起來，但是他做大事的局限和我的格局實在差太多了。人生苦短，他當下有了整個艋舺和興旺的妓院生意便已經滿足，每天喝酒玩女人活在自我的虛榮中，他的格局還是只限於在艋舺而已。

唉！或許他也沒什麼惡意，在這裏出生長大又沒受過什麼教育，從小靠偷拐搶騙這種生活過來的，也只懂得這套對人的方法吧！』

唐教授從思考中自我安慰。

在唐教授的鼓勵下，思祖繼續升學高中。思祖讀得很辛苦，常常在為放棄和是否繼續讀的想法苦惱。

　　唐教授對他說：「你讀的東西90%在社會上用不到，但是你的畢業證書用得到。雖然那些90%的東西在社會上用不到，可是它會在你的頭腦裏充滿無窮的知識和建立敏銳的邏輯思維，這些無窮的知識和邏輯思維會讓你養成應用思考的習慣，讓你能夠活用理智，而不再用情緒處理事情，它的好處是無形而常遠的，你在思考、溝通、處事、做決定，一切的一切，都會受用終身。

　　讀書的過程如同當兵一樣，幫你養成人生勤奮的生活態度，在將來的人生旅途裏，把你最大的潛力與能量激發出來，超越環境和自我。

　　我知道你人生的閱歷比一般人多。你的經歷和你所看過的，比起學校裏的環境，甚至老師，你可能都覺得他們幼稚。可是他們有你沒有的，那就是知識和學識。不管你將來是要做生意還是做幫主，還是只做個普通老百姓，讀書一定能幫到你。」

　　每當思祖讀書讀到煩的時候，都會跑到唐教授那裏哭天，「我真的讀不下去了！」

　　「你現在就半途而廢，以後做什麼事都可以半途而廢，還有什麼事做得成的呢？做事要有始有終，就算要休學，也

把這個學期好好讀完吧！」唐教授說。

　　思祖就這樣半讀、半拖、半埋怨，也讀到了高二下學期。

　　「就剩一年了，你都讀超過一半了，把它讀完吧！現在有高中文憑的人不多，等讀出來，你走路都有風，你爸媽多有面子！再熬一年，絕對值得的！」

　　這一天，思祖在唐教授家，他和唐教授討論歷史課的內容，唐教授一邊抽著鴉片，一邊向他訴說周朝的經濟情況對往後中國的影響。

　　「唐教授，你已經講偏了，已經超出我們課本的範圍了！」

　　「哎呀！課本裏的內容太狹小，我把整體說完讓你更清楚，你自然就不用背了！發生的過程都明白了，還要背嗎？」

　　這時候有人敲門。

　　春花去打開門，是肥猴站在門口。

　　「唐教授，老大請你去賭場一趟。」肥猴說。

　　唐教授擡頭一看，肥侯身後還跟了四個打手，他馬上警覺起來，阿源的貼身保鏢才兩個，他用到四個，比他的老大還囂張？

　　唐教授：「我上個廁所，馬上過去，你們先走！」

　　肥猴：「老大有急事，請你馬上過去！」

唐教授大吼：「有什麼急事不能讓我老人家先去方便一下？」

肥猴：「那我在門口等你。」

唐教授還是大嗓門吼著：「沒大沒小！把門關上讓他在外面等著！」

思祖看了嚇一跳，他還沒見過唐教授發這麼大脾氣過，不讓你大便須要這麼大聲嗎？

等門一關上，唐教授小聲說：「不對勁！大家快從後面的窗子走。」

秋月：「什麼事不對勁？」

「噓！不要說話，先走再說。」唐教授把聲音壓得很低。

四個人從後面的窗戶爬出去，馬上被肥猴的人堵住，原來肥猴早就叫人在後面守著，以防唐教授逃走。

很明顯，肥猴是來擄人的，唐教授、思祖、秋月、春花全部被開山刀架著脖子拉到一間偏僻的屋子裏，綁在椅子上。

不到一個小時，阿支走進來。

唐教授：「阿支，連你也有份？你膽子也太大了！」

阿支：「怎麼樣！想不到我有這個膽子吧？」

唐教授嘆了口氣，「說吧！要什麼？」

「要給你100萬。」

「想給我錢需要用刀子嗎？直接說吧！」

「我知道麵條的生意老大他信不過你，你要投資廣告

的錢，他不想掏，他沒有遠見。你幫他把江山打下來，幫他把妓院的生意做得這麼好，他竟然信不過你的能力，這種老大，每天吃喝嫖賭……」

唐教授破口大罵：「我幹你娘的！你不要忘記你自己是什麼身份，要不是老大讓你17歲的時候就跟著他混，你會有今天？你竟敢在背後講他，你也不要忘記，老大叫你們全部要聽我的，你現在把我綁起來，這是什麼意思？要我幫你做事，你想造反啊？我幹你老母！」

阿支笑笑，走到春花身後，把手上的開山刀架到春花的脖子前面。

唐教授大罵：「我幹你老母！你敢動她，我絕不會放過你……」

阿支把開山刀從春花脖子刺下去，血馬上流出來，正準備用力劃過咽喉，唐教授改口大叫：「要什麼你說，不要殺她！」

阿支：「你剛剛幹我老母，我一向跟我老母感情很好，你已經幹了我老母，我就先殺了春花我們再來談。」然後兩眼狠狠瞪著唐教授，「這就是教你，不要隨便幹別人的老母！」說完把刀子從右到左用力一劃，春花的脖子血噴滿地。

秋月看了大叫，嚇得昏了過去。

思祖嚇得把眼睛緊緊閉上，整個人在椅子上發抖，不斷喘氣，希望永遠都不要再睜開雙眼。

唐教授看了整個人傻掉，合不上嘴，口水不斷得滴到地上。

　　阿支走過來，輕輕的打了唐教授兩個巴掌，「你以為我非得有你不可嗎？搞得我不爽，我連你都殺！」

　　唐教授這時才流下眼淚，輕輕地哭出聲：「春花……！」

　　阿支走到秋月身後，一手抓著秋月的頭髮，一手再把開山刀拿到秋月的脖子前，「要不要幫我做事？」

　　唐教授兩眼不停流淚，嘴巴還是合不攏停不住流口水，看向阿支哭著說：「春花……」似乎還沒回過神。

　　阿支：「不說話，那就是不願意嘍！」，舉起開山刀，又要往秋月的脖子砍下去。

　　思祖大叫：「他願意，他願意了！他願意了！」

　　阿支慢慢走到唐教授面前，看著他的臉，「到底願不願意？」

　　唐教授嘴裏哭著說：「春……花……」看著阿支不停點頭。

　　阿支一巴掌狠狠得朝唐教授臉上打下去，「早點說嘛！不然你又害死秋月了！」

　　阿支往屋子門外走去，「把他們看好！。」

　　等阿支走出屋子，唐教授才嚎嚎得哭出聲。

　　屋子內幾個打手找地方都坐了下來，這時唐教授全身開始發抖。

肥猴對唐教授說：「你搞什麼名堂！老實點，不要以為我不敢揍你！」

思祖：「他煙癮犯了！趕快給他抽鴉片。」

肥猴不耐煩得說：「去拿鴉片來！」

其中一個打手跑去附近的煙房拿了一支鴉片煙回來，湊到唐教授面前給他點上，唐教授抽了兩口，整個人馬上放鬆下來，然後低頭再看了地上春花的屍體，無聲地流下眼淚，神色裏流露一股無言又難盡的淒涼。

肥猴點了支煙，吐了一口後說：「把屍體處理一下，臭得要死！不然很快就一大堆蒼蠅了！」

幾個打手在屋子附近的垃圾堆中找了一些破布，將春花的屍體裹起來，拖了出去。

唐教授比較冷靜了以後說：「把我們放開吧！我們不會跑的。」

肥猴：「免談！」

唐教授：「阿源死了嗎？」

其中一個打手說：「他應該活不過今晚……」

「幹！」另一個手下說，「跟他說那麼多幹什麼！」

肥猴：「你喔！其實春花根本不用死的，你嘴那麼硬幹什麼？都被綁起來了，好好跟阿支談就好了嘛！你都忘了阿支跟我們去砍鐵條和瘋狗的時候殺了多少人了嗎？」

唐教授聽了，低下頭又流出了眼淚。

　　這時候秋月醒過來，看見自己和唐教授還被綁著，想起剛才春花在眼前慘死的情景，又大叫大哭起來。

　　「幹你娘的！」一個打手立刻走過去，舉起手來要給她幾個耳光。

　　思祖馬上說：「給她抽鴉片就好了，她嚇到了！」

　　「好了！」肥猴叫了一聲，要打手停下來，「拿鴉片給她。」

　　打手把鴉片拿到秋月面前，秋月不要命得猛抽，似乎想把自己抽死似的，抽到可以忘記當下的人間地獄。

　　唐教授對秋月大叫：「夠了！這樣抽會死的。」

　　打手把鴉片拿開秋月的嘴，過量的鴉片使秋月在椅子上逐漸得再昏暈過去。

　　兩個小時後，有3人走進小木屋，把唐教授一個人押到阿源家去。

　　唐教授的手被綁在身後，一走進阿源家的門，就聞到一股血腥味，眼前阿源被綁在椅子上，雙手被綁在桌上已經被敲得血肉模糊，臉趴在桌上，看來已經斷氣，死前被狠狠得拷打過。

　　唐教授閉上眼深深地吸了一口氣說：「你們也算兄弟一場，有必要把他打成這樣嗎？」

阿支一臉委屈得說：「他不合作呀！殺了他的女人都沒用，只好殺他囉！」

　　唐教授往旁邊一看，阿源的3個女人赤裸裸地死在牆角，都是割喉斃命，想必都是阿支親手幹的。

　　「我先叫人強奸了他的女人，再砍了他們的手，再殺了他們，連這樣他都不說，只好殺了他呀！」阿支瞪著唐教授說：還好你沒再嘴硬，不然我連你都殺！

　　唐教授幾乎不敢相信曾經共同出生入死的兄弟可以幹出這種事，這裏真不愧是艋舺！

　　阿支又說：「好好幫我做生意，有什麼想法，要投多少錢，只要能賺錢，我都會給你！如果你敢跑掉或是亂來，我就殺了秋月和思祖還有思祖他全家。」

　　唐教授：「我答應你。」

　　「我看你這個教書的也不敢亂來！」

　　「能不能告訴我，到底想要從阿源那裏知道什麼？非要這麼搞不可！」

　　「錢哪！還有什麼？我花了兩年觀察，他每次進帳都會藏一半，就是找不出他藏在哪裏？」

　　「他拿去買房子了，中華路那邊有一整排都是他買下來的。」

　　「他說你就信啊？你這讀書人！」阿支一副看不起唐教授的眼神。

「他買的時候帶我去看過好幾次風水。」

「哦！原來是這樣。幹！早點說的話死之前就不用吃那麼多苦了嘛！」阿支轉身對手下說：「好啦！把屍體清掉。」

一個手下說：「老大，你要搬進來嗎？」

阿支：「幹！瘋狗和阿源都死在這裏，大旺過後都要喪命，我不住，我住鐵條那裏，那裏的方位才合我的八字。」

接下來的日子，唐教授和秋月無眠無日地抽著鴉片，努力得想把春花在他們面前慘死的那一幕忘掉。

但是怎麼可能呢？春花就死在他們面前，往往睡覺前閉眼的那一刻，還是覺得春花就如同以往躺在他們身邊。春花被綁在椅子上血淋淋的場景，春花的裸體香，在床上曾經共同有過的歡愉，對他的照顧和順從。春花和秋月如同姐妹的情深。當下思念和恐懼的交雜，到了絞痛與極盡崩潰的邊緣。

「唐教授！」思祖來看唐教授，走進屋子一看馬上說：「你們不要再抽了！你看你和秋月兩個人，瘦成這個樣子，臉都是白的。」

「是嗎？」唐教授的腳拖著鞋，慢慢走到鏡子前看著自己，「怎麼變得這麼老！」再對秋月說：我們是得少抽點！

思祖：「唐教授，你和秋月再抽的話就沒命了！」

唐教授走到椅子前坐下，慢慢地說：「我覺得我每天晚

上都看到春花。這些年來她對我也算很好，想不到竟然死得這麼慘！」說完留下眼淚。

思祖聽唐教授提起春花，馬上想起那天春花死的慘樣，不盡打了一個寒顫。

「唐教授，搬家吧！我幫你找房子。」

唐教授嘆了一口氣，「唉！好吧，這樣也好，人死了就讓她過去吧！」

「唐教授，你們幾天沒吃飯了？」

「我也不記得了，餓了就吃，不餓就不吃。」

「唉─！兩個大人把生活搞成這樣。」思祖說，「等我一下，我去買東西給你們吃。」

15分鐘後，思祖帶了兩盒便當回來，把便當打開放在桌上，「別再抽了，過來吃飯吧！」

唐教授和春花像九十歲的老人一樣慢慢挪到桌子旁，思祖把筷子拿給他們。

秋月吃到一半，飯在口中竟然睡著，唐教授把她搖醒要她繼續吃。

思祖低下頭，不知道該說什麼……

沒幾天，思祖幫唐教授在自己家附近找了另一個房子搬進去，方便自己照顧他們。

思祖早晚送飯給唐教授和秋月，提醒他們記得洗澡，少抽

鴉片，有時候率他們到房門外走走，這樣過了六、七個月。

唐教授和秋月的氣色也好轉了不少。

有一天，唐教授頭腦清醒的時候對思祖說：「思祖，我想把鴉片戒了！」

思祖睜大眼看著唐教授，在艋舺有多少人戒鴉片戒毒失敗，況且戒的過程那種人不像人的慘狀，他應該是抽鴉片抽得語無倫次，不知道自己在說什麼！

思祖沒去在意唐教授這句話。

過了沒幾天，唐教授拿了一疊錢給思祖說：我想把鴉片戒了，你幫我租一間房子，偏僻一點，人少的地方，每天送飯來給我，這段時間，幫我照顧秋月。

思祖傻了，「你不是來真的吧！戒鴉片多辛苦呀，我看過多少人戒，那是生不如死，戒不掉的！就算有一兩個真的捱過去，不到半年又抽起來了，不要去白受罪，戒不掉的！」，思祖沒有伸手去拿唐教授的錢，「你少抽一點就好了！」

「春花和秋月是我這一生最愛的女人，我一定要報仇，只要想到春花是怎麼死的，我就有決心。我已經決定了，你幫我吧！」唐教授懇求地對思祖說。

思祖馬上變了臉色，「你瘋了！你要報仇，怎麼報

啊？」

「我不知道，但是我知道我現在身體對鴉片的癮這麼大，要少抽是絕對不可能了，一定要先把它戒了，頭腦才會清楚，才會有體力去做。如果鴉片能戒掉，我還怕什麼，還有什麼是做不到的呢？」

思祖沈默了一陣子說：「別搞了，我們玩不過阿支他們這些人的，他每個月給你這麼多錢，你就好好幫他賺錢，好好過日子就好了，你搞這麼多事會沒命的。」

「我一個男人，連自己心愛的女人都保護不了！你知道我有多想春花，你知道我做男人每天做得有多痛苦嗎？」說到一半，唐教授竟然對思祖跪下，「思祖，你我有緣在艋舺相識，而且成為我最好的朋友，我們還一起打過仗出生入死，過去這半年來，如果沒有你每天不求回報幫我和秋月送飯，我們根本過不下去，這樣的情誼，除了你，我還信得過誰呢？」

「你別來這套，快點起來！」思祖伸手要去把唐教授拉起來。

唐教授轉頭對秋月說：「秋月，過來跪下！我們和春花三人曾經同床這麼多年，她跟妳也算是姐妹一場，過來跪下！」

秋月聽了馬上流下眼淚立刻走過來也跪在思祖面前。

思祖先把唐教授拉起來，讓他坐在椅子上，再去拉秋月。

思祖很為難得說：「你們這麼搞會害到我知不知道？我和我全家都會沒命的！你讓我想想。」說完走出大門。

思祖不斷地想，唐教授是外面來的人，和我們從小在艋舺長大的人不一樣。他是一個教書的，講兵法、講生意、講謀略很厲害，但是講狡猾、講狠，他根本搞不過阿支，要報仇的話根本是死路一條，我幫他報仇不等於讓他去送死嗎！絕對不能讓他去報仇！

接下來好幾個禮拜，思祖把買來給唐教授和秋月的飯都放在門口，敲了門後就立刻跑掉。

時間久了，唐教授也懂他的意思了。

過了兩個多月。

思祖和平時一樣，把飯拿到唐教授家門口，正要和以往一樣敲了門然後馬上轉身走開，忽然大門打開，秋月正好手裏拿著垃圾走出來。

思祖楞了一下，尷尬得說：「秋月！」

唐教授從屋子裏看到思祖在房門外，「思祖，進來坐！」

思祖手裏拿著飯菜，一臉不自在，慢慢走進了屋子裏。

「房子打掃得真乾淨！」思祖說，再往裏面走，看到唐教授的臉色好了很多，血氣紅潤。難道他戒掉了？

「坐啊！好久沒看到你了。」唐教授笑著臉說，倒了一杯茶給思祖。

唐教授和思祖相對坐下，「這些日子來，你早晚給我們

送飯，這個情義，我一輩子都不會忘記。」

「沒什麼，不要提這個！」思祖說。

「兩個禮拜前，我已經把鴉片戒了。」

思祖簡直無法相信！

「我本來想把這個好消息告訴你，但是你每次把飯放在門口之後就走掉，你一定有你的理由，我也不好意思去找你，要不是今天看到你，我真不知道該怎麼讓你知道！我現在身體的狀況已經越來越好，已經可以自己做飯，你不需要再幫我們送飯了。思祖，這些日子來，我真誠的感謝你對我跟秋月的照顧！」唐教授眼中帶淚得說。

「都說這沒什麼，不要再提了！」思祖笑了一下，刻意避開唐教授的眼光。

「家裏人都好嗎？」

「老樣子！」

「你哥哥呢？我怎麼印象裏，好像一直都沒看到他！」

「他……還不是一樣。」思祖故意把話題叉開，「我老爸說麵廠又進了一些機器，你找個時間去看看。」

「噢！什麼機器？」

「好像是……包裝用的。」

唐教授點頭。

「妓院的生意又更好了，前一陣子阿支派我哥去管妓院了。」

唐教授還是點頭。

　　思祖變了口氣，「我真是想不到，你竟然能把鴉片戒掉！接下來就好好過日子，把生意做好，賺大錢，別再想報仇的事。其實阿支很看重你，你生意想怎麼做，只要你開口，他一定會聽，千萬別再想報仇的事了！」思祖認真得看著唐教授。

　　唐教授一直看著思祖，過了好一會，把自己兩邊的袖子往上拉，思祖看到他兩個手臂上深深的繩子烙印。

　　「每次煙癮發作的時候，我叫秋月把我的手腳綁起來，要她出去把門反鎖，不管發生什麼事都不準再給我鴉片。在戒的過程中，我甚至看到春花流著滿身血，責怪我當時沒救她，她想掐死我的那種幻覺，那種精神的恐懼和生理的煎熬，一天要發作好幾次，連著十幾天，當時如果身邊有把刀，我絕對會自殺。戒掉後的前三天，吃什麼吐什麼，全身虛脫，再躺三天以後，才能開始吃一點點稀飯，能進食以後就恢復的很快了。兩天前我開始早晚做氣功，現在覺得中氣十足，覺得自己像頭牛一樣有力。「唐教授的口氣變得很堅定：如果不是心中有報仇意志，我根本戒不掉！」

　　思祖聽了馬上變了臉色，對唐教授的憤怒都顯現在臉上。

　　唐教授：「我的女人在我親眼面前被殺，你叫我就這麼算了，我還是人嗎？」

　　思祖忍不住破口罵了出來：「你怎麼就這麼想不通呢？

你鬥不過阿支的！你要報仇不等於去送死嗎！你想死的話，不如我現在就殺了你還不更快！報了仇，春花能活過來嗎？你如果死了，秋月怎麼辦？」

唐教授沒說話，兩眼狠狠瞪著地上。

思祖轉向秋月，「秋月，你愛不愛唐教授？」

秋月：「愛。」

「那你贊成他去報仇嗎？」

秋月沒出聲。

唐教授：「思祖，你成熟了很多。」

思祖：「在艋舺這種地方你不得不成熟的比一般人快，為了生存，我們要占人家便宜，也懂得會挑人。偷拐搶騙，殺人放火，都會先看對象，不會找自己應付不了的人！」

「我不會拖累你的。」唐教授說。

思祖的口氣又大起來：「我現在跟你說的是你幹不過阿支！」

唐教授把口氣放得很平和：「我們別再談這個了！」

「你現在跟阿支搞的不是兵法、不是生意。要你親自下去單挑、打群架，玩陰的，你哪一樣行？如果要你親手殺掉十個人才能把阿支幹掉，你幹得出來嗎？你就是一個軍師，一個師爺，你就好好做一個出色的軍師跟師爺就好了！」

「這個事我們不再說了，不提了！」

「你好好想想吧！沒什麼比活著還更重要。」

肥猴每天晚上都會到大馬路旁的妓院去流連幾個小時，和一些等著客人上門的妓女們搭上幾句摸上幾下才捨得走，如果有新來的姑娘，他還得親自帶到房間裏『驗貨』，再和兩個保鏢到海鮮攤子喝上幾杯。

　　今天晚上肥猴和平時一樣，從妓院出來以後，走到馬路邊的海鮮攤坐下，一口氣就喝下大半杯冰啤酒，接著打了一個嗝，「爽！」。

　　「肚子這麼大了還晚上喝啤酒！」

　　肥猴擡頭一看，「哎喲！唐教授，好久沒看到你跟秋月了！我和阿支還以為你已經報廢了！坐下來一起吃吧！」

　　唐教授和秋月一起坐下。

　　唐教授：「看你滿頭大汗，剛才又去『驗貨』了！」

　　肥猴笑著說：「沒辦法！為了生意，我努力一點也是為了艋舺的品質。」

　　「哇！你這麼努力，到年底的時候，我叫阿支給你一個獎杯！」

　　「哈！哈！哈！哈……！」兩個人都笑了起來。

　　「這家的炒田螺很好吃，你一定要試試看！」肥猴說。

　　「哦！好，有沒有什麼對男人比較補的？」

　　「當然有！龍蝦的蛋，還有鮭魚蛋壽司都很補。」

　　「那幫我統統叫一份。」

　　「那今天晚上秋月不爽死？」

秋月：「爽你老母啦！我們床上的事要你管啊！」

「哈！哈！哈！……」肥猴又大聲笑了出來。

「秋月，怎麼跟肥猴這麼說話？」唐教授說，「快敬肥猴一杯！」

秋月拿起啤酒敬肥猴，喝了一口。

肥猴：「哎！怎麼可以這樣，起碼也要乾半杯！」

唐教授：「喝吧！肥猴已經給妳優待半杯了！」

秋月慢慢喝掉半杯，肥猴很開心，「好，不錯！」

秋月：「那你呢？起碼也意思一下吧！」

肥猴一口氣喝掉一整杯啤酒。

「哇！好酒量。」大家拍手。

肥猴把空酒杯放下，又打了一個嗝，一副很爽的樣子，點了一根煙抽了起來。

這時候有個人從大馬路旁的一家妓院走出來，腳是跛的，讓唐教授多看了一眼，一時間愣了一下，「那個……不是思祖的大哥嗎？」

肥猴回頭看了一下，「是啊！」

「他的腳怎麼回事？」唐教授說。

「死兔崽子，已經出來混這麼多年了，罩子也不懂得放亮一點！在大人面前說話沒大沒小，被鐵牛打斷了腿！」

「什麼時候的事？」

「一個多月前吧！」

「都是艋舺同一邊的人，出手有必要這麼重嗎？」唐教授喝了一口啤酒說，「阿支怎麼說？」

「阿支那時候也在，沒說什麼。以下犯上，不教訓一下也不行！思祖跟你走得那麼近，他沒跟你提過嗎？」

唐教授搖搖頭，「大概是怕他大哥沒面子吧！」

肥猴吐了一口濃煙，把當天發生的事當閑話聊了一下，「你知道思祖這個孩子，雖然不是跟我們混的，可是阿源打下鐵條和瘋狗地盤的時候，他可是跟你和阿源一起站在指揮樓臺上，身份不一樣，加上他這個孩子伶俐，又比一般人更懂得人情世故，雖然是個小屁孩，說起來在幫會裏比大部份的人還更有些分量，和他哥哥是絕對不一樣。

那天晚上賭場剛開門的時候，思祖跟往常一樣時不時得跑來跟他哥哥鬼混，鐵牛正好跟阿支說麵廠賺的錢沒有毒品和妓院多，不如不要做了。思祖聽到了就上來說，現在麵廠賺的少沒關係，等過一陣子唐教授再出來管，麵廠的生意就會越做越大了。思祖突然來這麼一句，鐵牛覺得很沒面子，自己說的話被一個小夥子反駁，於是罵思祖是不是在教他做事？這個時候思祖沒再說話就好了，想不到思祖他大哥竟然站出來替思祖跟鐵牛對幹，他也不想想，鐵牛是什麼輩份？他自己是什麼輩份？思祖都懂得不再出聲了，他真是沒他弟弟聰明。最後被鐵牛的人揍了以後，鐵牛在他腿上又補了一棍，才搞成今天這樣！」

「阿支都看到了？」唐教授說。

「看到了！所以才把他調來管妓院，讓他暫時離鐵牛遠一點。」

唐教授好一會都說不出話。

肥猴舉起杯子，「來，大家隨意！」

唐教授喝了一口，對肥猴說：「關於麵廠的事，我想跟你談一下！」，轉向秋月「妳先回去，我有事要和肥猴說。」

秋月離開了攤子，唐教授看了坐在肥猴身邊的保鏢一下，「肥猴，這個事，我們⋯⋯」

肥猴對兩個保鏢說：」你們到那邊那一桌去坐。」

唐教授看兩個保鏢坐到一旁，才小聲得對肥猴說：「我不喜歡阿支，幫他做事我不爽，你比較有人情味，比較阿沙力。」停了一下抽口煙，「你來做老大，我支持你！」

肥猴不動聲色。

「我有辦法可以把麵條的生意打入臺中跟高雄，這麼大的生意，這麼多的錢，我寧可讓你賺，不給阿支賺。現在阿支分給你的是他全部賺的一成都不到！」

肥猴看著唐教授，「你知不知道如果阿支聽到這些話，你會有什麼後果？」

「我就是不爽他殺了我的女人，我捧你做老大，你做我的老大，整個艋舺都是你的，我再幫你把麵條的生意打倒『小美』和『安康』兩大廠牌，讓你的身份成為臺灣十大富

豪之一。」

「你膽子真大！阿支是我老大，你敢在我面前這麼講話。」

「那又怎麼樣？他還不是殺了自己的老大篡位！」

肥猴用力往桌子一拍，「你活得不耐煩啦！敢說這種話。」

兩個保鏢立刻走到肥猴身邊。

唐教授：「我不會害你的！」

「幹你娘的！」肥猴把手中沒抽完的香煙用力丟到地上轉身走掉。

唐教授看著肥猴走開，露出滿意的笑容，「老板，算帳！」

難道是阿支叫唐教授來試探我，要找理由把我幹掉？

還是鐵牛聯合唐教授設下的局要害我？

還是唐教授想要我和阿支自相殘殺？那鐵牛呢？

如果是唐教授想利用我報仇，那我不就可以利用這個機會成為艋舺的霸主？

如果真的成為臺灣十大富豪，那我的身份，今後我的下一代，可都完全不一樣了！天下有這麼好的事？

一個禮拜後，唐教授到麵廠碰到肥猴，肥猴還是一副不爽，不屑看唐教授一眼。

唐教授拿了一份企劃書給肥猴，「只要照這上面的計劃做，我們兩年內就可以攻下臺中和高雄的市場。只要臺北、臺中、高雄這三大城市一拿下，其他縣市也會跟進，三年內我們就可以成為臺灣十大富豪之一。」

　　肥猴：「拿給我做什麼？你拿給阿支啊！」

　　「你先看看嘛！」唐教授把企劃書硬塞到肥猴手裏，然後走開。

　　肥猴一副不放心又想不透的臉色看著唐教授走開。

　　每隔一陣子，唐教授都找機會接近肥猴，肥猴始終和他保持距離。

　　唐教授很清楚，肥猴不是討厭他，是在防他。

　　唐教授每隔一、兩個禮拜就帶著秋月到海鮮攤子，坐到肥猴同一桌，和他聊天、敬酒，可是肥猴說話還是一直非常小心。

　　晚上，唐教授又來到海鮮攤，坐到肥猴面前，閑聊了沒幾句後說：「你白天的時候有沒有看到往城裏那條路上，正在蓋一棟大樓？」

　　肥猴吃他的炒田螺，不太理唐教授。

　　唐教授：「我白天去看過，大概有四百多個工人，他們早上8點開工，做到天黑收工，我跟他們的工頭打聽過了，他們每個禮拜從禮拜一做到禮拜六，中午12點到2點休

息一次，大部分的工人都是外地人，不是南部上來的就是蕃仔。」

肥猴愛理不理得說：「跟我有什麼關係？那邊跟我們這邊開車過去至少也要半小時！」

「就是這樣不遠不近的才有錢賺！那個工頭說，這棟樓大樓大概再8個月就蓋好了。等這棟大樓一蓋好，工人們就走了。這僅僅一次賺大錢的機會就沒了！」

肥猴把酒杯放下，看著唐教授。

「你還不懂！」唐教授把臉靠近肥猴，「我跟你說，過來！過來！」要肥猴把耳朵湊過來。

肥猴不耐煩，「唉！你就說嘛，幹什麼……」

「我賺錢的方法是不讓人知道的！」

「你真麻煩！」，肥猴轉過頭對一旁的兩個保鏢說：「你們去坐另外一桌！」

等兩個保鏢坐到一旁，唐教授才接著說：「四百多個工人，大部份都是外地來的，很多為了省錢都睡在工地，不另外租房子住，因為臺北的房租對他們來說太貴了！這些工地的男人到臺北，每次就是大半年的，需不需要女人？」

「你是想接他們過來艋舺嫖？」

「這樣不合算！我先算給你聽，四百個工人，每幹一次10塊，每3天幹一次，8個月我們能賺多少？」

肥猴算了好久，「這個我不會算啦！」，一搞到算數他

就越聽越煩。

「32萬。」

肥猴傻住了！

唐教授繼續說：「我們一人一半。」

肥猴沒說話，過了好一會才回過神瞪著唐教授，「你到底想幹什麼？老是要我做對不起阿支的事！你想害我是不是？」

「你認為我會害你嗎？先聽我說完，不然你現在可以馬上去跟阿支講，死的是我不是你！32萬的一半是16萬，你在艋舺做到死，阿支也不會給你這麼多錢！上次我說要挺你，你不信，我就不提了對不對？那我們賺點錢嘛！可不可以？這件事是我說的，跟你沒關係。如果你還是要去告訴阿支，至少讓我把話說完。我就先跟你說一件事，阿支殺我的女人，我不爽他，我有什麼理由害你？只剩八個月了，16萬你要不要，機會只有這一次，你聽聽看再決定要怎麼做，只是聽而已你怕什麼？」

肥猴盯著唐教授不說話。

「你想想！」唐教授不浪費時間繼續說：「嫖、賭、煙哪樣東西是正常男人不幹不行的？你說開車接這些工人過來，還不如我們把女人帶過去。我去跟那邊的工頭講，每個月給他200塊，在那邊的工地搭一個棚子，每天晚上放30個女人在那邊，每半個月換一次新面孔，你派5、6個人在那邊

守著就好。那邊離這裏有一段距離，沒人看得到，阿支晚上的時候又都在賭場裏面，很少來大馬路，8個月一過我們就收手。」

肥猴一直抽著煙。

「我有什麼理由要害你？16萬，你不做就算了！我一個人也做不來，你當我沒說過，你也什麼都不必說。」

「你只是出個點子，就要拿16萬？其他都我來做？」肥猴終於開口。

「點子是我出的，風險我也要搭一半！況且晚上的時候我可以到那邊去管。」

肥猴又沈默了一陣，接著兩個人加加減減談了好久，達成協議，肥猴拿三分之二，唐教授拿三分之一。

7個月後，大樓興建完畢，肥猴稱收入不如預期，唐教授只分到7萬塊。唐教授一點也不計較，因為他真正要的第一步，已經做到。

沒多久，唐教授和肥猴私下背著他在外面幹的事傳到阿支耳裏。

唐教授對肥猴說：「等一下到我家來，有好東西，給你一個人就好！」

肥猴：「什麼好東西？」

「你來再說，比工地的錢還多幾十倍。」

肥猴的眼角閃了一下，慢慢笑了出來，「你怎麼有這麼多洞可以鑽！」

「嫌錢多不想賺了？

肥猴愈笑愈開心，「我先去妓院結算今天的帳，等一下就過去。」

肥猴走進唐教授家，唐教授立刻叫秋月出去買菜，過半小時再回來。

肥猴丟了一顆檳榔進嘴裏，大力得咬起來，「這次又有什麼好康的？」

「過來看看這個！」唐教授叫肥猴走到電視機旁。

肥猴見到電視機旁放著一臺四方形的銀色機器，有電視機的一半大。唐教授在他面前操作，放了一個幾乎一個半手掌大的黑色塑膠盒子進去，接著電視出現了畫面。

肥猴楞了一下，現在下午還不到五點，怎麼有外國電視節目？

唐教授：「這個叫做『電視放影機』，以後要看電視不必等到晚上6點才有電視看，還可以挑你要看的電影放進去看，這個東西以後在臺灣會賣到瘋掉！」

肥猴驚訝地笑了出來，「幹你娘的！你也不弄一臺來給我？」

「這個現在臺灣沒有做，只有日本進口的，一臺兩千多塊，不要說給你一臺，現在有八百臺，我們一人一半。要不要我幫你算一算1臺兩千，800臺一共是多少錢？」唐教授不等肥猴回答，繼續說下去，「一共是160萬。」

　　肥猴的嘴像被塞住，說不出話！

　　「怎樣？」唐教授看著肥猴。

　　肥猴先是目瞪口呆，然後吐了一口檳榔汁，點了一根煙深深地抽了一口，「800臺！在哪裏？」

　　「在臺北一個貨倉裏，要的話，找一個晚上去搬就有了，不過先說好，一人一半。到時候人手都是用你的沒有錯，可是我的消息來源可是絕對值一半的錢！要得話你去搞4輛大貨車，東西到手一定要先放三個月，等風聲過了才能出手。」

　　「800臺！那是要放哪裏？」

　　「放後山！絕對不能放外面的倉庫，到時候風聲會很緊，這麼大的金額，一定會上報紙。」唐教授強調，「我是一定要一半！還有，從頭到尾必須照我的計劃做，我才能放心！不然這麼大的金額，到時候阿支知道沒他的份，一定不會放過我。你可以考慮幾天再回答我。」

　　「考慮什麼！」肥猴的口氣急了起來，「我們本來就是好兄弟，還考慮什麼！」

　　「想清楚了！」

「還用說嗎？」

「好，你去弄4輛大貨車，找8個人，4個要能開車，每一個絕對口風要緊，不要多喝幾杯就說漏了嘴，否則傳到阿支那邊，不單他把貨跟錢拿走，到時候我們連命都沒有。出發前我再告訴你東西在哪個倉庫，倉庫門口有3個守衛，很好解決。貨車弄到馬上告訴我，我們立刻動手，不然等他們把東西從貨倉銷到市面上的百貨公司和電器行之後我們就沒機會了！」

肥猴嘴裏嚼著檳榔，不停得點頭，「東西到手怎麼換錢？」

秋月這時推門回來。

唐教授：「整個臺灣現在全部不到兩千臺，只有臺北有貨，拖到南部去，一臺3000也有人搶著要。東西在手裏的話你擔心什麼？好了！不多說了，你安排好跟我說一聲就可以開始了。」

「嗯！」肥猴站起來要走。

秋月：「再坐一會嘛！這麼快就走？」

「嗯，先走了！」肥猴滿腦子想著要挑哪8個人，沒心思和秋月多聊，走出大門。

等肥猴走出去，秋月一臉不高興，「在屋子裏還把檳榔汁吐在地上，旁邊就一個垃圾桶，他是瞎了！」

「沒關係！他很快就不會有好日子過了。」唐教授冷笑

同時望向窗外，看肥猴走遠，喃喃自語：「**能使敵人自至者，利之也……不若則能避之……親而離之。**」

不到5天，肥猴便找上門。

唐教授又叫秋月出去買菜。

肥猴：「都準備好了，4輛車都停在往新竹高速公路的大橋下，從這邊走過去要半個鐘頭，艋舺的人沒人會看得到。」

唐教授：「阿支都凌晨三、四點在賭場要收的時候才回家去睡覺，我們2點出發，4點半可以回到艋舺，天亮以前要把東西全搬到後山用尼龍布蓋好，用繩子和鐵鏈綁好，動作一定要快，最重要是你的人口風一定要緊，不然傳到阿支那裏我們都白幹了！」

「我知道，你放心啦！這8個人從小就跟我混的！」肥猴開始不耐煩。

「今晚就動手。」

「今晚？」肥猴有些詫異，「這麼快！」

「對！快點做，快點完。這樣你那8個人才不會有機會猶豫和多嘴。」唐教授看了肥猴似乎還沒定下神，「這個錢你到底想不想賺？」

「好啊！反正車子都準備好了。」肥猴馬上一副老神在在。

「凌晨2點，大家去貨車那邊會合，叫你那8個人去的時候分開走，讓幾個早點去，去的時候不要走在一起！」

差10分凌晨2點，唐教授走到高速公路橋下，已經看到4輛貨車還有肥猴和其他8個人在等他，「肥猴，你跟我坐同一部車，其他3輛車跟著。大家記住，一路上不要快也不要慢，就正常開，不要引來不必要的注意跟麻煩，特別是交通警察。一路上如果其中一輛出什麼事，其他的車子繼續開，我跟肥猴會處理，不要都停下來，會引人注意。」

上了車之後，唐教授才說出倉庫地點，「北投大同公司貨倉。」

肥猴：「那是在北投哪裏？」肥猴五十出頭了，一輩子出艋舺不到十次。

唐教授：「你放心！我知道路，往關渡開，到了北投我告訴你怎麼走。」

到了貨倉附近，大家把車都停下熄火。小心得走到貨倉門口，很快地將3名在打盹的警衛制伏，綁住又蒙上眼後，再把貨車開進貨倉，用貨倉的起重機上貨，不到一個小時就把800臺『電視放影機』全部運上貨車。

其中一個手下跑過來對肥猴說：「老大，我的貨車裏面還有一半是空的，要不要再搬一些其它的，它這邊還有很多

電視機和洗衣機，都是新型的……。」

唐教授立刻轉向肥猴：「那些不值錢，我們必須在天亮以前把所有的東西全搬到後山，不要碰那些，會節外生枝。爭取時間，快走！」

肥猴：「走！」

「千萬別超速！」唐教授又再囑咐了大家一次才上車。

所有人全上車開回艋舺。

回到艋舺，4輛貨車停靠在後山的馬路邊，已經快要凌晨4點半。

「還有一個多小時就天亮，天一亮，賣早餐和上學的孩子就會經過這裏。」唐教授說，「趕快搬！天亮以前如果搬不完也要離開，明天凌晨4點再把車開回來搬。」

唐教授和肥猴拿手電筒照著山路，另外8個不停得來回跑著搬貨。

6點，天色開始亮起，而且亮得很快，唐教授立刻問：「還有多少？」

「再10分鐘就搬完了！」其中一個手下滿頭大汗得說。

唐教授：「肥猴，天再亮一點就會有人看到了！你去幫忙。車子一清空，4輛車立刻開走。我們留在山裏面再把貨藏好不會有人看到。」

「好！」肥猴把手電筒丟給唐教授，跑下後山，也搬起貨上來。

照唐教授說的，東西全都搬進後山之後，肥猴叫4個人趕快把貨車全開走，自己再和另外4個人走進後山，跟唐教授把貨全部堆好，用尼龍布蓋上，再用繩子和鐵鏈綁緊，才各自離開。

唐教授一走進家門，秋月馬上跑上前握住唐教授的手，「怎麼拖到現在才回來？」

「妳都沒睡？」唐教授說。

「我怎麼睡得著？你這一趟要防警察、防肥猴、又要防阿支！」秋月急得強忍淚水。

「秋月！」唐教授緊緊抱住了秋月。

秋月貼著唐教授，聞著他一身的汗臭，更是不忍心放開，終於讓淚水無聲無盡地流了出來。

過兩天，唐教授對秋月說：「是時候了！」

秋月的眼中有女人的深情和篤定，看著唐教授「嗯！」。

秋月提著菜籃子，買了一些菜之後，走進艋舺最有名的麵攤，點了一碗陽春麵。

這個麵攤有名不是老板的麵做得好，而是麵攤的老板娘有特色。老板娘的下巴偏左有一顆痣，還有一副暴牙，鄰裏都說這是口舌是非相。不過她有任何衣服都無法掩飾的兩

粒大胸脯，一年四季都習慣穿著短得不能再短的短褲，總是讓她的生意在晚上九點多快要收攤的時候又突然旺上一陣！每天這時候她老公看麵攤沒什麼生意了，就往盒子裏抓上一把鈔票向賭場走，他一走開麵攤就會陸續有不少人進來。等到半夜一、兩點老公帶著醉意回來，都不曉得自己又多了好幾個連襟兄弟。麵攤白天是廣播站，晚上是男人的公共汽車站，整個艋舺的老百姓都知道，只有老板自己不知道。

秋月吃完麵了以後坐著不走，終於等到認識的人經過，把她叫到麵攤子裏來坐下，兩人瞎聊起來，秋月看到老板娘故意坐得離他們好近，摳著腳專心得在聽他們說話。

秋月：「我聽人家說，肥猴偷偷在後山藏了幾白臺電視機要賣，賣得很便宜，還不敢讓阿支知道……」

第二天中午，肥猴沖進唐教授家，連門都沒敲也沒喊直接推門進來。

「嚇死人了！」秋月在屋子裏大聲叫了出來，「你不會先敲一下門啊！」

肥猴看唐教授和秋月正在吃中飯，唐教授看肥猴臉色出奇得難看，「怎麼回事啊？」唐教授的臉一副莫名其妙，「吃飯了沒？一起吃吧！」

肥猴：「出事了！」

「你是在說什麼？」唐教授說，「秋月，給肥猴拿雙碗

筷來。」

肥猴：「我們在後山的貨，有人知道了！現在阿支應該也知道了。」

唐教授的臉色也開始難看起來，放下碗筷，走到一旁客廳的椅子上坐下，很快想了一下說，「你是從哪裏聽來的？」

肥猴坐到他面前，「我的人昨晚在賭場聽到的，阿支現在應該已經派人去後山看了！」

唐教授看著窗外，一直沒說話。

肥猴急了起來，「幹！現在連把東西挪走的時間都沒有！」

唐教授想了想，說：「80萬我不要了！我要命，我死都不會承認跟這件事有關係！」

肥猴站起來，「幹！這麼多錢，就白白送給阿支？就沒其他的辦法？」

唐教授一臉的無奈，「沒時間了！根本沒辦法處理這些東西。現在阿支隨時會來問我們，你能怎麼辦？承認的話就只有死路一條啊！他更不會把東西還給你。」

「幹！」肥猴叫得更大聲。

「你現在趕快去找那天跟我們在一起的8個人，吩咐好他們，死都別承認！」

「幹！」肥猴又罵了一聲，立刻衝出去。

兩個小時後，阿支的手下來找唐教授，「阿支叫所有人現在都到後山去。」

唐教授去後山的一路上想：阿支不愧是阿支！過了這麼久才叫所有人去後山見他，可見是先花了時間查過整件事才開始處理，可一點都不魯莽啊！

到了後山，原本蓋著貨的尼龍布已經被掀開，阿支身邊有二十幾個手下跟在一旁，還有艋舺的幾個大將，鐵牛、大尾、白狗、二筒……都在，肥猴最後才到，身後還帶了5個手下一起來。

唐教授心想肥猴這個白癡，帶這麼多人有用嗎？不讓人看了覺得心虛！

阿支盯著肥猴一路走進後山來，一直走到所有人當中，開口說：「有誰知道這是什麼東西？」

看來阿支還不曉得這些貨是什麼？

沒人說話。

阿支：「有誰知道這些東西是誰放在這裏的？」

還是沒人說話，大家互相看了一下。

阿支把其中一箱打開然後拿到手上看了又看，「誰能告訴我這到底是什麼東西？」

鐵牛走上前伸手摸了幾下，「是不是收音機？上面還有日文，看來是進口的！」

「日本進口的，那可值不少錢！」，阿支看向肥猴身邊

一個手下：「土標，有人跟我說前幾天看到你半夜的時候從後山走出來，你是到後山來幹什麼？」

土標嚇了一跳，「沒有啊！阿支老大，你不要聽別人亂講，我根本沒來過後山！」

肥猴看著身旁的土標，克制自己臉上不要有任何表情，腦子立刻轉了一下，阿支是在試探土標！因為土標當晚和所有人搬好貨，就和其他3個人把貨車開走，他一直都不是一個人。阿支會挑上土標開刀，是因為土標和自己的關係最近，要幹什麼絕不會落下他。

阿支：「你說你沒來過後山！」

土標：「沒有，我沒來過，我也根本不知道這些是什麼東西！」

阿支：「你最後一次來後山是多久以前的事？」

「好幾年了！……十幾年了……」土標口氣開始緊張起來，「我也只是經過從來沒走進來過！這些東西跟我一點關係都沒有……。」

肥猴突然一巴掌打到土標臉上，「阿支老大問你有沒有來過，一下有一下沒有，十幾年前來過不算有啊！」

阿支火大起來，「我話還沒問完你是在插什麼嘴！」瞪著肥猴，「你不敢讓我問是不是？」

肥猴低聲下氣得說：「他對你講話不清不楚，不好好講……」

肥猴從小就了解土標的個性是有勇無謀，看他開始緊張，再被阿支追問下去早晚出漏子，於是硬給他一個巴掌，這樣他還比較好招架。

　　阿支又對肥猴大罵：「現在是誰在問話？你心虛啊？」

　　肥猴不敢再出聲。

　　阿支再轉向土標，「看到你從後山出來的人說不止你一個人，還有好幾個，你還有什麼話說？」

　　土標摸著剛剛被肥猴打的臉頰，委屈得說：「我真的沒來過……會不會看錯了……。」

　　阿支看著土標不承認便死瞪著他，咬著口中的檳榔好一會，說：「鐵牛，找人來看看這些到底是什麼東西，然後把它全給我賣了！留三個人在這裏給我24小時受著。」再氣勢洶洶得說：「把土標給我押回去好好得問！」

　　肥猴臉色大變，「老大，土標讓我來問！他的個性我最了解……」

　　「我幹你娘的！你現在是在教我做事是吧？」阿支衝著肥猴大罵，「把人給我押回去！」

　　唐教授回到家裏不到10分鐘，肥猴後腳就跟著進來。

　　「幹！160萬全沒了！」肥猴在屋子裏來回得走來走去，根本坐不下來。

　　唐教授：「你現在還有心情想錢！土標等一下都說出

來，我們連命都沒有！」

「土標從小在艋舺跟我一起長大，他不會說的！阿支拿他沒辦法的！」

「如果阿支把他手腳都砍了，他會不說嗎？」

「他不會說的！我們從小到大，不止一次一起挨過刀子，比親兄弟還親，他不會說的！」

「你就這麼放心！你別忘記阿支可是隻又狠又狡猾的老狐狸，他會不知道土標的性子嗎？土標是不怕死，可是土標怕什麼？如果他拿土標的女兒威脅，如果他拿你做威脅，土標還不被他騙得團團轉？阿支在艋舺跟你們一起混到大的，他會不知道土標的個性？」

肥猴臉色越來越難看，幾乎變得死白。

唐教授接著說：「土標玩得過阿支嗎？不用多久全都說出來了，我們的命……」

「幹！」肥猴叫了出來，「我非得把土標救出來……」話還沒說完就往門外衝。

「等一下！」唐教授大叫，「回來！」

肥猴停住腳步回頭說：「沒時間了！」

「你要怎麼救？阿支會聽你的嗎？你的人有阿支多嗎？」

「等是死，搶也是死，還不如硬搶！」

「等是死，沒錯！搶的話，看你怎麼搶？硬搶絕對搶不過，智搶的話就有希望！」

「幹！」肥猴從門口走回來，「你倒是快說說看，沒時間了！」

「你要犧牲土標還是阿支？」

「你這不是廢話嗎？快點說吧！」

「阿支叫鐵牛去找人來看這些是什麼貨，內行人來一看，馬上估得出來這些東西值多少錢，這麼大一筆數目，阿支非殺了我們不可，我們現在是在同一條船上……。」

「這我知道！」

「要活命的話只有幹掉阿支！」唐教授看著肥猴，「這樣的話，我們才能活命，你也能救出土標，160萬也才能回到我們手裏。」

肥猴腦筋轉了一下，眼裏漸漸露出狠光。

唐教授：「阿支現在身邊有多少人？如果艋舺有人造反，跟著他死心塌地的有幾個？」

肥猴掏出香煙猛抽了起來，很快得想了一下，「他現在把土標押在賭場問話，身邊有12、13個。如果有人造反……，除了我和的人以外，他叫得動得，不到30個。以前鐵條和瘋狗的人都還不是很妥他，而且又離得他太遠，等人跑過來火都滅了，他們還不是盤算著自己的好處，看怎麼見風轉舵。」

「現在你手下能跟著你幹掉阿支的有幾個？」

「……9個。」

「好。等一下天一黑賭場就要開檔做生意，到時候阿支會把土標關到另一個地方，你和平常一樣，身邊帶2個人就好，去賭場跟阿支求情放了土標，叫你的人在他們帶出賭場的半路上動手，幹掉阿支。記住，幹掉阿支以後一定要再馬上幹掉鐵牛，否則鐵牛就可以名正言順得頂替阿支，我們的貨他也可以名正言順得接手，也可以殺了我們。

我現在就去找大尾說服他挺你，大尾這個人有奶便是娘，只要你將來給他的比現在阿支給得多，他絕對不會說什麼。還有以前瘋狗的那幾個大將，我感覺他們一直都刻意疏遠我們，他們的地盤離得又遠，等我說服大尾以後，根本沒時間再去找他們談。」

「他跟我們不近，跟阿支也不近！不用怕他們，先保住命，再擔心那邊的事。」

唐教授點頭，再說：「千萬記得，見到阿支身段放軟，絕對不能讓他對你有戒心，不管他怎麼罵你，一定要忍到他出了賭場才動手。還有，如果鐵牛不在賭場，幹掉阿支以後一定要馬上把他找出來也做掉。」

「知道啦！」肥猴站起來，把煙丟在地上踏熄，然後急急忙忙得走出去。

唐教授從床底下挪開2塊地磚，拿出一個黃皮紙信封，裏面有兩萬塊的現鈔。唐教授看了一下，再把錢全放回信封裏，放到枕頭底下，等一下情況不知道會怎麼變，萬一自己

今天回不來，今晚秋月就會看到這些錢，她往後的生活也可以有著落。

　　唐教授走出大門將門鎖上，立刻轉身去找大尾。

　　肥猴走進賭場，很意外的，土標竟然好好的站在阿支面前，他以為土標這時候應該已經被打得只剩半條命躺在了地上。

　　阿支看肥猴走進來，緩緩地說：「肥猴，你也真了不起，幹這麼大一筆買賣，都不用跟我說一聲！」接著越說越火大：「現在艋舺你是老大還我是老大？」

　　肥猴臉色越來越難看，接著朝土標盯過去，「土標，你……」

　　阿支對肥猴破口大罵：「你還有什麼話說？」

　　「幹你娘的！抓耙子」肥猴從襪子裏抽出一支扁鑽，朝土標刺過去。

　　土標大喊：「我什麼都沒說……」

　　肥猴心想：幹！中計了。

　　十幾根木棍朝肥猴和土標身上槌下，兩個人完全沒機會反抗，一直到兩個人攤在地上，全身是血。

　　原本跟在肥猴身邊一起進來的2個手下站在一邊不敢出聲，更不敢出手。阿支看了他們兩個一下，理都不理。

　　沒多久，鐵牛走進來，看地上兩個一身血的半死人，

「怎麼搞成這樣？」

阿支：「後山那批貨就是肥猴弄來的！」

鐵牛：「這哪一個是肥猴，打得血淋淋的我都認不出來了！」

阿支：「幹！竟敢背著我在艋舺做買賣，幹！」往肥猴身上吐了一口痰。

鐵牛：「老大，剛剛找城裏修電器的人看了，這個東西叫『電視放影機』，接電視看的，是日本進口的沒錯，現在百貨公司一臺賣兩千多塊！」

阿支聽了在腦子裏算了一下，立刻瞳孔放大，娘的！他是到哪裏搞到這麼多……，「把肥猴吊起來，我有話要問他！」

肥猴在血灘中被拖出來，再拿繩子要把他吊起來，肥猴一臉血，完全是昏迷的。

鐵牛：「老大，天都暗了，馬上賭客都要來了，我們換個地方吧！」

阿支：「把他們兩個帶到我們平常修理欠賭債的那個木屋，其他人這邊清理一下，準備開檔。」

阿支一個手下指著原本跟肥猴一起進來的兩個人，「老大，這兩個怎麼辦？」

阿支看他們一眼說：「你們平時都做什麼？」

「跟肥猴管妓院。」

阿支：「明天把肥猴的人都叫來見我，我會給你們新的事情做，今天先回妓院去。」

兩個人轉頭走出賭場，開始小聲說了起來：「幹！老大被阿支打得半死，現在怎麼辦？」

「我們前面還埋伏7個兄弟，當然是照計劃做，救老大出來！」

「可是老大和土標已經不省人事，如果幹掉阿支跟鐵牛，那大尾、二筒、白狗、黑鳥那邊怎麼辦？要不要先等一等？」

「幹！……這……」

「我們先去前面看其他兄弟的意思。」

兩個人拔腿向前跑去。

「喂！出來，出來呀！」

七個人持著武士刀跳出來，「你們怎麼先來了？」

「不是說好等你們跟著阿支一起過來再動手的嗎？」

「老大跟土標已經被阿支打得半死，都不能走路了，他們馬上要過來了！」

「幹！」大家都慌了起來，相互得說：

「怎麼會這樣？」

「現在沒時間解釋了，我們是不是還照老大的計劃做？」

「幹！我不怕什麼阿支、鐵牛。肥猴才是我老大！我們照老大的話做，幹掉阿支跟鐵牛，救老大！」

「但是老大的計劃是要搶阿支的位，現在老大又不省人事，幹掉阿支跟鐵牛，大尾和白狗那些人如果趁機殺過來怎麼辦？」

「可是老大如果不救出來，他在阿支手裏還能活多久？現在錯過這個殺阿支跟鐵牛的機會，下一次的機會還要等到什麼時候？」

「幹！怎麼辦？沒時間了！」

「我們是跟肥猴混的，肥猴平常吃什麼我們就吃什麼，一直都是這樣。我說先救老大和土標，能殺阿支跟鐵牛就殺，殺不掉救了人就走。不想幹的人可以走，但是過了今天我要是跟老大死不了，還能獨霸艋舺的話，你們將來也別回

來找我們，到時候我死也不分你半口飯吃！」

「幹！」

「幹！好，是什麼兄弟就看今天。」

「好，今天死不了的，明天就一起榮華富貴！」

「幹！」

「好，幹了！」

九個人全部埋伏進小巷子裏。

阿支跟鐵牛走在前面，後面4個手下，還有2個人架著肥猴，2個人架著土標，兩旁的居民見到最前面的是艋舺霸主阿支，後面一群彪漢架著2個滿身血淋淋的人，所到之處大家無不失色，遠遠讓開。

很快來到細窄的十字小巷，這裏已逐漸遠離多數店家，住家居多，燈火大多微弱，阿支先聽到身後的手下慘叫，瞬間是自己腰旁一股劇烈的刺痛，痛到開不了口。

等人走入小巷砍了就跑，這是艋舺流氓搶劫、埋伏、對付外來人慣用的手段，阿支自己今天身為艋舺的霸主，竟然會在這種無法招架的伎倆下遇刺。

阿支忍著痛，「幹……幹……你娘……！」，眼看身後3個人已經倒下。

鐵牛身上也掛彩，緊抓著身上被刺的地方大叫：「快！快！出去，不能待在巷子裏，殺出去！」

這會兒突襲的人全部無影無蹤，阿支：「靠著牆走，不要走中間！」

　　所有人聽阿支的話，背部貼著牆，一步一步慢慢往回走，不到1分鐘，武士刀又殺出來，瘋狂得砍了半分鐘，又立刻不見蹤影。

　　阿支看鐵牛也倒下，一只手被砍斷，另一只手伸向自己求救，阿支踏過鐵牛的身體，靠著牆繼續慢慢地走過去，走不到3步，感覺自己失血過多，開始頭昏，不得不坐下來，大喊：「我是阿支，我是阿支……只要你不殺我，我給你50萬，……不……我給你100萬，帶我去看醫生，我給你100萬。」

　　沒多久，阿支昏昏沈沈得看到幾個手拿武士刀的人影走到他面前，「我給……你……100萬……帶……我去……看……醫生……」，然後其中一個人舉起武士刀，朝自己胸口刺進來，奇怪！怎麼不感覺痛……

唐教授從大尾的地盤回來，他必須盡快知道事情的進展。

　　走進賭場，見到所有阿支的人都聚在一起喧嘩，賭場裏也沒賭客，他看到在賭場幫阿源打理帳目的鴨扁叔，走上前問：「阿支呢？」

　　「阿支死了！現在不知道怎麼辦？」

　　「阿支死了？」唐教授說。

　　「鐵牛也死了，是肥猴的人幹的！」

　　「鐵牛也死了！肥猴呢？」

　　「肥猴早就被阿支打得半死不活了，肥猴的手下為了救他，竟然把阿支跟鐵牛都殺了！」

　　「啊！變成這樣！」唐教授也想不到，「那肥猴現在在哪裏？」

　　「他哪敢出來！現在鐵牛一幫兄弟到處在找他要報仇。」

　　「那你們呢？」

　　「我們？我也不知道！有人要當老大，有人要搶賭場的生意，有人想接手妓院，唉！沒有一個夠格的，亂七八糟！」

　　唐教授故意問：「你認為沒有一個夠資格的嗎？」

　　「不是太年輕就是沒服人的，現在只剩下肥猴還勉強可以，不過聽說他被阿支打得很慘，什麼時候可以復原都還不知道，而且鐵牛的兄弟都不知道還會不會讓他活著！」

　　「萬一大尾還是白狗要過來當老大怎麼辦？」

　　「我也不知道！現在阿支不在了，誰都不服誰，誰都叫

不動誰……」

「鴨扁叔，我在這邊也沒用，先回去了，你自己小心一點！」

「放心吧！我這個老頭子，對任何人都沒威脅，沒人會搞我的！」

唐教授回到家裏，一進門，思祖和秋月都在。

秋月立刻沖上去抱住唐教授，又是無聲的眼淚俱下，當外面一傳阿支已死，秋月就一直在等著唐教授回家，愈等愈後悔當初沒勸他放下報仇的念頭。

唐教授摟住秋月，「仇報了，報了！結束了」

思祖一聽，啞口無言，原來這一切真的都是唐教授為了報仇而一手策劃的！！

唐教授和秋月慢慢坐下來，「秋月，給思祖倒茶。」

思祖看到唐教授眼裏還迴蕩著淚水，他不過一介讀書人，來到艋舺這個環境，春花的死竟能讓他如此深恨得不惜一切！

唐教授對思祖說：「我本以為肥猴也活不過今晚，鐵牛才會是最後獲利的人，想不到我算錯了。」

思祖仍處在不可置信的訝異之中，面前原本僅僅是個紙上談兵的癮君子，如今下手動起謀略，竟然是可以把艋舺搞得天色巨變的一隻臥龍！

黃昏。

思祖放學回家的一路上，不斷聽到人們在談論昨天道上所發生的事，竟然還聽到今天白天的時候艋舺又接著發生了一些事！

原本跟著瘋狗混的幾個大將，白狗、二筒、黑鳥、鹵腳也起了內訌。平時不愛說話又沒什麼作為的黑鳥，今天一大早帶一幫人先後闖入白狗和二筒家，幹掉了他們全家，再和鹵腳聚集了瘋狗以前所有的人馬，現在下了追殺令到處在找大尾和肥猴，要拿下整個艋舺。想必黑鳥是看霸主阿支死了，大將鐵牛也死了，肥猴受重傷還躲了起來，阻力一下少了一大半，才立刻出手要拿下整個艋舺。據說今早最先被他幹掉的白狗還是他老大瘋狗的私生子，真是為了霸權可以不顧一點情份。

當下的艋舺讓思祖想起唐教授說過的，猶如三國，三分天下，分分合合，合久必分，分久必合。

思祖來到唐教授家，敲了門後竟推不開，唐教授和所有艋舺的人一樣，平時白天都不鎖門的。

思祖正覺得奇怪，轉身要走，秋月從屋子裏打開一個窗縫，「思祖！」

思祖回頭，「秋月？我以為沒有人在！」

秋月把門打開讓思祖進來，「天都還沒暗，你們就要鎖

門上床睡覺了呀？」思祖話剛說完，兩眼就楞住！屋子裏坐著大尾和一個……一個全身被繃帶包的差不多的人，思祖很快就聯想到……是肥猴！

這兩個正在被黑鳥追殺的人，居然不離開艋舺，竟然在這裏！

唐教授神情沈重得抽著煙，大尾看了思祖一下，緊張地說：「這是什麼人？」

唐教授：「是自己人。」

肥猴也說：「他不用擔心，是自己人。」

大尾聽連肥猴也這麼說，才放心下來！

思祖：「肥猴，你要不要緊啊？他們竟然對你出手這麼重！」說完以後，思祖看肥猴的臉整個包著只露出一只眼和一張嘴，其中一片嘴唇還腫的像鴨子，心裏真的很想笑，不過還是強忍了下來。

唐教授：「黑鳥他們人多勢眾，你們兩邊的人加起來，和他的實力相比真的是差距太大了！先別硬幹，等待適當的時機，才能東山再起，現在硬幹的話，只有犧牲！」

唐教授已經為春花報了仇，根本不想再過問殘忍又風雲顛覆的江湖事，只想和與他真心相愛的秋月平平靜靜地過完餘生。

肥猴：「你在艋舺是出了名的軍師，兩次打的都是以少勝多的奇戰，不幹掉黑鳥，不單是我不能活，連『電視放影

機』也拿不回來，這麼多的錢，你甘心就白白送給黑鳥？」

唐教授：「現在最重要的是活命，你還想著錢！你先找個地方把傷養好吧！你連走路都走不直，還怎麼帶兄弟！」

大尾：「這種事是不能等的，等得越久，黑鳥根基越穩，就越難再打回去，他的勢力、生意還有人心就越紮實，就越難搞了，這種道理在道上沒人不懂。趁現在我還叫得動自己的人，我跟肥猴的人馬全聽你調動，再他媽轟轟烈烈得幹一仗，你是在怕什麼呢？到時候我們不會虧待你的，你要什麼條件現在也可以說嘛！」

唐教授：「我老了，玩不動了也沒膽子，別再找我了！」

肥猴：「『電視放影機』出手以後的錢給你7成。」

唐教授：「我怕到時候有錢沒命花。」

肥猴；「8成，怎麼樣？」

唐教授：「我全給你，你放過我吧！真的，我都不要了！」

大尾開始不爽，「你要怎麼樣才肯幫我們？難道你是要幫黑鳥？」

唐教授：「我是住在這邊的，幹嘛幫那邊的人？我誰都沒辦法幫啊！你們現在的條件根本沒辦法跟黑鳥打呀！當初幫阿源跟阿支，可以以寡擊眾是他們在兵法的比率上還有基本的兵力可以用，是因為那時候他們有打的條件，你們現在

差距太大了，沒辦法啊！現在幫你們的話，不等於也叫我自己去送死。」

「幹你娘的！」大尾發飆罵了出來，「跟我談兵法的比率，我沒讀過幾年書，至少還會算數！艋舺打了兩次仗之後，雖然道上的人都死了一半，加上後來又入會新的兄弟，黑鳥那邊現在不到150個人，我跟肥猴加起來也有60、70個人快要那邊的一半了，當初你幫阿源打瘋狗的時候，所有人馬只有對方的三分之一都還不到一半，你現在跟我說比率上不能打，你是把我當白癡啊！」

肥猴慢慢伸手把大尾按下來，要他不要再發火，然後轉向唐教授說：「你到底是什麼原因不願意出來打？」

想不到說錯了話，讓大尾抓了把柄死咬著不放，唐教授嘆了一口氣！「我不想再打打殺殺了！」

肥猴：「你是人在江湖，你是在艋舺吧！你以為你還是在大學裏面教書嗎？」

大尾站起來，這下罵得更兇：「昨天你還來找我，叫我挺肥猴，現在你要放我們去死！我幹你娘的！你在搞什麼？」

唐教授：「現在情況不一樣嘛！搞得這麼大。」

「不一樣？那你當初就不應該來找我！」，大尾指著唐教授繼續罵：「幹你娘的！現在這個情況，不是黑鳥死，就是我死，你不幫我的話，我死之前就先幹掉你，再讓黑鳥來殺我。我幹你娘的！」站起來要走出唐教授的屋子，到了門

口又回頭放了一句話，「明天一早就出兵！你別想離開這間屋子，你敢踏出這間屋子半步，我的人就先殺了你跟秋月，幹！」

唐教授睜大眼看著肥猴，「他這是什麼意思啊？他這是來拜託我還是來跟我開戰的啊？」

肥猴：「大尾現在走了，你告訴我，到底為什麼不出來打？」

「幹你老母！」唐教授又點了一根煙，在氣頭上說不出話。

思祖這會才走過來，「肥猴，你讓唐教授冷靜一下。」拿了一根煙給肥猴，「來，抽煙啦！」幫肥猴點上火。

肥猴讓思祖幫他點煙抽了一口，再伸手到嘴邊拿煙，思祖見他的手也被繃帶包的像螃蟹一樣，圓圓鼓鼓的如同一把白色的剪刀手，這一身的狼狽樣，差點又忍不住想笑出來。

唐教授靜靜地抽掉半根煙之後，漸漸冷靜下來，然後看著肥猴，「現在這個情況，大家都不離開還要拿命去豁，大尾要的是保有他的人馬和地盤，你要的是你的勢力和錢，而我要的是尊嚴。」唐教授的口氣狠了起來，「大尾竟敢在秋月面前威脅我，在我女人面前一點面子也不給我！我人生第一次覺得當男人窩囊不是我淪落到艋舺的那一天，而是春花死在我面前的那一天，而第二次就是今天，大尾他敢在我女

人面前拿我女人的生命威脅我，嚇唬我！我不會跟他單挑，也不會跟他一樣威脅他，嚇唬他，因為我跟他不是同一類的人，不過我不會放過他，他必須付出代價。他嚇到了我的女人，我必須讓我的女人知道我是能保護她的，我是能讓她依靠的。明天我就擺陣，道、天、地、將、法，我幫你攻下黑鳥的地盤，等幹掉黑鳥後，你要立刻幫我做掉大尾，到時候整個艋舺都是肥猴你一個人的，『電視放影機』的錢我要八成。」唐教授盯著肥猴，等他答覆。

肥猴、思祖、秋月全傻掉！

過了一會，「唐教授！」思祖先開口，「你在說什麼？你知道你自己在說什麼嗎？」

肥猴立刻說：「好！我答應你。」

思祖：「唐教授，大尾只是一句話而已，這種話在道上誰不常掛在嘴邊嚇唬人？你再想一想……」

肥猴對思祖大吼：「大人說話，小孩不要插嘴！」

唐教授盯著肥猴雙眼說：「幹掉黑鳥以後如果你沒有立刻解決大尾，或是『電視放影機』的錢我沒拿到八成，就算我和秋月出了事，我也有辦法讓條子知道『電視放影機』是怎麼來到艋舺的。」

「八成的錢換艋舺霸主的位置，合算！合算！」肥猴開心得笑了起來，「哈哈哈哈！……等我一統艋舺以後，這些錢還怕賺不回來嗎！哈，哈，哈，哈！」

唐教授掐指一算，「明日卯時是最佳的進攻時刻，也就是明早的九點正，你叫大尾在八點半把人聚集在我們的賭場，帶好傢伙，絕對不能走漏風聲！叫你們的人馬今晚要維持和平常一樣，不要讓任何人覺得有異樣，不要不見人影，該賭就賭，該嫖就嫖。」

　　肥猴一走出屋子的大門，思祖馬上說：「唐教授，你真的要這麼做？」

　　唐教授說：「我做過艋舺有史以來兩場最大戰役的常勝軍師，你對我沒信心嗎？」

　　思祖看著唐教授，說不出話。

　　唐教授內心終於透徹，人在江湖是不可能退出的！必須和秋月為餘生的平靜歲月做另外的盤算。

唐教授將最後一口稀飯咽下，再夾一塊秋月腌制的醬瓜放入嘴裏。

　　「這麼吃太鹹了！我再幫你盛一點稀飯。」秋月說。

　　「不要。」

　　「不會太鹹嗎？」

　　「不會。」，唐教授想出門前再嚐一口秋月為他親手做的菜，口味越鹹，越能感受得到，那是秋月這些年來陪伴他，照顧他的味道。

　　秋月14歲的時候一家四口從山西跟國民黨部隊一路逃亡到臺灣，她的母親和妹妹半路上是活活餓死的。在臺北，秋月的爸爸以拉三輪車為生，二二八事件後第3天，秋月的爸爸不顧戒嚴令上街拉車，被鎮壓部隊的機槍掃到，橫死大街。鄰居領養了秋月4個月，真的沒錢再養下去，將秋月帶到糖廠做童工，卻被嫌年紀太小，只好賣到酒家，開酒家的黑道有良心，不忍見秋月這麼小就下海，把他們趕走，鄰居不得已，只求秋月不要被餓死，才把秋月賣到艋舺的妓院，鄰居把賣掉秋月的80塊，全部給了秋月，自己一分錢沒留下，痛苦得離開。秋月在艋舺不到半年，就染上鴉片，被艋舺不同的妓院轉賣過無數次，換過無數個名字，看自己的命運和艋舺裏的妓女都一樣，久了也不覺得有什麼好怨嘆了！手裏如果有點錢，不是花在鴉片上就是常常看性病，沒什

麼！在艋舺大家都一樣。

　　唐教授可以在日據時代把小學讀完，還以最優越的成績
由日本老師推薦進入日本皇族國中，本省家庭出身的他，加
上普偏臺灣人思念日本統化的背景，當時還是臺灣省籍情節
仇恨的開端，本省與外省人幾乎少有聯親，可是面前這個中
年肥胖的外省婦人，唐教授不在乎她的出身與過去，如今已
是自己生命裏不能缺少的另一半。

　　口中的鹹醬瓜，是秋月山西老家的腌制口味，秋月從小
在山西陪在媽媽身旁幫手做飯的時候學的，唐教授認識秋月
以後才第一次嚐到。從此，只要早上吃稀飯時，就可以嚐到
秋月做的醬瓜。當初阿源把秋月帶來給唐教授，不知道會和
唐教授待多久，一個月後，她想不到唐教授沒有把她換掉。
唐教授頭髮禿光，瘦得只有皮包骨，鴉片抽得很兇，可是幾
個月下來後，她覺得這個人和艋舺的人不一樣，大部分的時
候很靜，很愛看書，對她很有禮數，時間久了會關心她，似
乎不會把我換掉吧！於是秋月去找了幾個大玻璃罐子，開始
做醬瓜。

　　第一罐醬瓜做好，打開來吃，忽然感覺好像回到山西！
跟唐教授一起吃的感覺好像……家。

　　唐教授出門的時候，很平靜地對秋月說：「進入迦南地

的時候會更血腥，等這場仗過了，我們就好好過日子，不要擔心。」

秋月不懂唐教授說什麼，唐教授常常會跟她說一些她不懂的中西歷史，她只是聽。但是她知道唐教授平時說話不會隨便說，和一般人不一樣，只要是說出來的話不管大小事，都有擔當。他說了等這仗過了，就好好過日子，那他一定會去實現。

唐教授再度走上賭場旁的指揮臺，這裏是他兩度打敗強硬對手的指揮臺，不過每次來到這裏所輔佐的都是不同的君主，今天幫肥猴拿下艋舺，那下一個取代肥猴的又會是誰呢？心中為艋舺這般起落的環境感到無奈！

手上的錶是8點6分，為了不讓人在開戰前發現有人在指揮臺，唐教授坐在地上避開窗戶，打開地圖。

8點25分，唐教授悄悄拿上望遠鏡，在窗戶角落下看察黑鳥那邊的動態。

8點半，唐教授下樓，走進賭場，肥猴和大尾的所有人馬已經擠滿了在裏面等他。

唐教授在一張賭桌上把地圖打開，「你們過來。」叫肥猴和大尾過來看地圖。「上一次打瘋狗是分開從馬路兩邊進攻，已經用過的戰術不能再用，黑鳥一定會防。我們把主力集中在這邊，攻進去，殺掉黑鳥。殺人不必人多，殺了

黑鳥，自然拿下地盤；如果只是攻下地盤而殺不掉黑鳥，這場仗就永遠打不完。」指著地圖說：「大尾，你安排25個人打頭陣，和對方一接觸後，不管打贏打輸，只能在原地呆5分鐘，接著退到狗肉攤，然後等我口令，肥猴安排20個人從胖子理髮店這邊繞道狗肉攤會合……，我們和黑鳥玩的是虛實，如果他中招，我們1小時內就可以擺平他。」

唐教授拿出3個銅板，在碗裏搖了三次，記下每次正反面，再看一下手錶，眉頭皺了一下。

「怎麼樣！卦象不好嗎？」肥猴說。

唐教授：「是場艱苦戰，怎麼會呢？」

大尾：「怕什麼？反正最後會贏就行了！」

「對啊，怕什麼！」肥猴說。

「好！大家有這個必勝的氣勢最重要。」唐教授說，「九點的時候，風向會轉向黑鳥那邊，我們九點正出兵。」

8點57分，風向果然開始轉向黑鳥的地盤。

唐教授和大尾走上指揮臺。

兩人靠近窗口，用望遠鏡看了一下，唐教授盯著自己的手錶約1分多鐘，說：「卯時到，出兵！」

「好！」大尾跑下樓去傳話。

唐教授從望遠鏡裏看到大尾的25個人，沖到黑鳥地盤的半路上，陸續有人出來攔截，25人抵抗5分鐘後就退到狗肉

攤，黑鳥的人一路追他們到了狗肉攤，肥猴另一批人繞路經過胖子理髮店到狗肉攤支援，這時，另一批30人的主力暗中出發，沿著馬路邊緣繞路，直搗黑鳥。一切都在唐教授計劃之中。

唐教授在望遠鏡中看到，當30人主力快要到達黑鳥的屋子，突然約有20個人殺出來，三分鐘後就退下，另一批20人的隊伍又殺出來，只殺了3分鐘又退下，再由另一批20人隊伍補上，每3分鐘接替一次。

殺敵的怒氣在一開始的前3分鐘是最亢奮階段，黑鳥用三批人馬交替進攻，持續進攻的氣勢不斷，『**故殺敵者，怒也**』，每批進攻的人都用情緒上最兇狠的殺氣，氣勢上幾乎要蓋過我方主力。

先殺我銳氣，這個黑鳥很聰明！

「大尾」唐教授說，「馬上傳話，退兵！」

大尾一聽到退兵，立刻拿起望遠鏡看，「幹！就這樣輸了？」

「只是第一回合而已，我們自己不要亂了陣腳。」唐教授底氣十足得說，「叫所有人退到土地公廟旁，守在那裏。叫他們排成一個正方形，備戰！」

黑鳥的人追到土地公廟，看到正方形的陣勢就停了下來，黑鳥立刻派人傳話過來，排出一個三角形，以尖端的陣

型切入正方形殺進。

唐教授看了嚇一跳，叫了出來：「是錐形陣！馬上就可以把我的方陣給破了！」轉向大尾，「黑鳥他懂兵法！」

大尾：「不可能！我和黑鳥一起讀小學讀到二年級就沒再讀了，連報紙都不太會看，他怎麼可能懂兵法！」

兩個人在指揮臺上看黑鳥錐形陣的尖端，以極快的速度朝方形陣刺殺進去後，馬上後退5步，再以同樣陣型，極快的速度反復衝刺，方形陣沒幾下就散架，我方的人不斷被砍傷。

唐教授心跳不斷加快，整個人緊張起來，『**節也，鷙鳥之疾，至於毀折者，節也。**』雄鷹迅飛搏擊，以至能補殺鳥獸。沒錯！這就是『**節**』。再次對大尾叫：「誰說他不懂兵法，他用的全是孫子兵法裏面的東西！」

「不可能！絕對不可能！」大尾也急了起來，「我們從小在艋舺一起長大，每天吃喝嫖賭、欺善怕惡，他是什麼貨色，我會不知道！怎麼可能懂兵法？」

「他不懂兵法怎麼會知道這些陣法？」

「那⋯⋯那現在怎麼辦？」

唐教授不說話，閉上眼不斷地深呼吸思考。

大尾再次拿起望遠鏡，看到自己的人馬一個個得倒下，於是拋下望遠鏡，拿起武士刀要往樓下沖去，準備帶所剩下的兄弟殺過去。

「等一下！」唐教授大聲叫住，「帶上所有人，分成兩

組，9人一個直排，用繩子綁住腰，每個人中間空大約4個人的間隔，成為蛇形。這樣就不會有人因為累或怕而後退，遇上攻擊就可以如蛇身自然得包圍住敵人。」

大尾跑下樓，大喊：「快點拿麻繩過來！」

　　唐教授這麼做非常冒險！因為兵書上雖有此陣，但歷史上卻沒有記載像他這麼用『蛇』陣的先例。更冒險的是，這下他把所有人全調過去，如果這個陣法再被破的話，黑鳥的人馬一沖過來，自己即是死路一條。

　　「故善用兵者，譬如率然。率然者，常山之蛇也。擊其首則尾至，擊其尾則首至，擊其中則首尾俱至。」唐教授口中念念有詞，盡量地要讓自己鎮定，「『率然』乃常山一種蛇，打其頭則尾巴過來夾攻，打其尾則頭過來夾攻，打其身則頭與尾共同夾應……。」

　　大尾帶到的人如同兩尾蛇身加入戰局，黑鳥的人馬見對方援兵來到，顯得有些慌張。蛇陣的打法很快讓黑鳥錐形陣的人馬感到詭異，緊張之下使錐形陣散成兩團，分別去對付兩尾蛇陣。

　　最先接觸到蛇陣的人，會即刻被蛇身的其他部位夾攻。蛇陣雖然是肥猴和大尾較次的後備人馬，可是綁在腰上的麻繩讓他們退無可退，為了活命只能不顧身得奮命搏殺，攻擊的效果竟意外得強悍，砍倒對方三分支一的人數，讓黑鳥的

人馬支撐不住，節節敗退。

黑鳥再派人跑來傳話，要所有人立刻撤退，大尾見到了，趁勢跑向前，要大家趕緊追。

唐教授從望遠鏡裏朝黑鳥人馬撤退的路線看過去，「糟糕！是『隘口』！」，跑到樓下要叫人去傳話，只看到肥猴握著拐杖，一只腳上了石膏！

「沒人了嗎？」唐教授急著說，「要立刻去傳話才行啊！」

肥猴：「思祖他哥還在。」

「人呢？」唐教授叫了出來。

「我剛剛叫他去買檳榔！」

「哎呀！」唐教授自己要跑去阻止大尾追黑鳥的人，向外跑了幾步，思祖的哥哥手中抓著兩包檳榔走回來。

唐教授大叫：「快點！去叫大尾回來，告訴他絕對不能追，叫所有人回來。去土地公廟跟他們講，不……來不及了，超小路到阿通的狗肉攤哪裏去堵他們，快去！」

思祖的哥哥還沒把手中的檳榔放下就一跛一跛地跑去。

過了好一會，大尾一身殺氣回到賭場，身後還有一大半全身血的人被扶回來。「他們死了不少人，不像是假的啊！」大尾一見到唐教授就說。

「他們撤走的路線，一路下去就是『隘口』，千萬不能

追！還好及時截到你們，我差點都急死！」唐教授說。

大尾：「什麼是『隘口』？」

「隘形者，若敵先居之，盈而勿從，不盈而從之。」在兵法的地形中，前面窄小的轉角處就是『隘口』，也就是狹窄的通口。誰先到隘口，誰就佔上風。等我們追到隘口，他們就會因隘口的地形轉敗為勝。」唐教授接著說，「你想想看，剛才那個來傳話叫他們退的人，帶他們撤走的路線，一路下去，一定會到阿修的妓院、梅姐的剃頭店、菜場前面的小巷口，這3個地點都是地形突然變窄的地方，對方用的和我一樣是孫子兵法，一定會利用隘口的地形稍加埋伏，就能反敗為勝，還好截住你們，不然現在就不能站在這邊跟你說話了！」

大尾：「幹！又白打一場。」

肥猴：「那現在怎麼辦？」

「放心！今天太陽下山前我一定要殺了黑鳥。」唐教授眼中露出一股堅定的狠勁，轉向思祖的哥哥，「幫我去學校找思祖過來！」

哥哥到思祖的教室外面對思祖招手。

思祖假裝沒看到，哥哥還是不停地叫他。

老師：「思祖，他是誰？」

思祖：「是我哥。」

老師走到教室外面，「你是思祖的哥哥嗎？」

「誒，對！」

「有什麼事嗎？」

「他媽媽要生了，家裏兩個妹妹沒人看……」

老師走進教室，「思祖，恭喜你！你媽媽要生了，你先回家吧！」

思祖收起書包走出教室，跟哥哥一起往校門口走，「幹！你是要幹嘛？我快要期末考了，你要不要讓我畢業？」

「唐教授叫你過去。」

「唐教授知道我在上課，你不要騙我！」

「是真的，我們死了好多人！」

「你要是騙我的話，以後你再去嫖妓，我就不幫你騙阿蘭！」

「我沒騙你，快走啦！」

思祖和哥哥一走進艋舺，就聞到空中飄來的血腥味，事情真的嚴重了！「唐教授有沒有事？」

「放心，他沒事！」

思祖走進賭場，見唐教授身上都沒傷，才真的放心下來。

唐教授：「黑鳥招招用的都是孫子兵法，艋舺還有誰可能懂兵法？」

肥猴和大尾都說：「不可能呀！除了你讀過書，在這裏要找國中畢業的都難，絕對不可能。」

唐教授見到思祖進來，把他叫到一旁，「艋舺裏除了我，還有誰讀得書最多？」

　　思祖：「沒有了！連我們學校的老師都沒有讀過大學的，這裏不像在城裏，誰還聽過孫子兵法！」

　　唐教授想了一下，「思祖，你盡量靠近到黑鳥那邊去打聽，從昨晚到今早，黑鳥身邊有沒有多了什麼人？」

　　「嗯。」思祖走出賭場。

　　唐教授轉向大尾和肥猴，「算一下，我們還有多少人可以打的？黑鳥那邊死了多少人？」

　　黑鳥到底是誰？絕不是一般人，**形兵之極，至於無形**，偽裝到最高境界，就不見行跡。他的錐形陣到最後一秒鐘才出現，絕不可能是黑鳥，黑鳥出身市井，手段僅於厚黑，他哪懂得這般高明的兵法！艋舺也不可能有人懂啊！到底是誰呢？

　　艋舺沒人懂。是哪一種懂的人會來到艋舺，難道……。

　　不到2個小時，思祖跑回來，「對面的麵攤說昨天晚上看到黑鳥和一個穿軍服的人一起走進艋舺，我再到黑鳥家附近打聽了一下，有人說這幾天看過穿軍服的人進了黑鳥的賭場。」

　　唐教授立刻瞳孔放大，全身發軟坐到椅子上，慢慢得

說：「果然，是吳大年！」

思祖：「吳大年？這個名字好像聽過！」

唐教授點上煙深深抽了兩口，說：「他是瘋狗的侄子。黑鳥真是聰明！想得到去找他。吳大年這次回到艋舺除了要在兵法上勝過我，還要為瘋狗報仇！」

肥猴這時走過來，看到唐教授坐在椅子上，「你怎麼了，臉色這麼難看？」

唐教授：「黑鳥的軍師是吳大年！」

肥猴：「那又怎麼樣？還不是你手下敗將！」

唐教授：「他是國防部的人，懂兵法，謀略又比我多，上次能幹掉瘋狗是用詭計把他調開，相同的方法不能用第二次了。我們能打的還剩多少人？」

肥猴：「37個。」

唐教授：「黑鳥那邊呢？」

肥猴：「他們死的有26個，傷的應該也有十幾個；還是多出我們一倍多。」

「嗯……！」唐教授的臉色更難看。

思祖看唐教授這麼沮喪，馬上大聲說：「唐教授，敵軍比我們多，孫子兵法該怎麼打？」

唐教授暗淡地說：「**三分我敵，練我死士，二者延陣張翼，一者材士練兵，期其中級。**」沒用的，我想得到的，他都想得到！」

思祖和肥猴看唐教授這幅模樣，一下不知道該怎麼辦？

　　這時候大尾看唐教授在椅子上駝著背，一臉死灰還冒冷汗，嚇了一跳！「這是怎麼回事啊？」

　　肥猴緊張起來，「唐教授，你可千萬不能在這時候倒下去啊！黑鳥他隨時會打過來的呀！」

　　「唐教授，你是怎麼了？」大尾說。

　　肥猴把情況告訴大尾，思祖也想不出辦法，時間一分一秒地過去，三個人又急又擔心，不知道如何是好！

　　思祖突然開口大聲得說：「唐教授，你為什麼要打這場仗？」

　　唐教授一臉如同死人般地說：「為了男人的尊嚴。」

　　「為了誰的男人尊嚴？」

　　「為了我男人的尊嚴。」

　　「如果沒有男人的尊嚴是不是還可以活？」

　　唐教授想了好久，也想到了秋月，才說：「不可以。」

　　「如果不打這場仗，你可不可以還有男人的尊嚴？」

　　唐教授又想了一下說：「不可以。」

　　「為了你男人的尊嚴，這場仗要不要打？」

　　「要。」

　　「為了你男人的尊嚴這場仗要不要打贏？」

唐教授從內心使出力氣，「絕對要贏，非贏不可！」

「你懂兵法，吳大年也懂兵法，但是他不懂歷史。你是歷史教授，中國歷史上一切的戰爭，你懂得比他多，戰局你知道得比他多，你要怎麼對付他？」

唐教授雙手握拳，露出橫拔煞氣的眼光，「**兵者，詭道也。故能而示之不能，用而示之不用，進而示之遠，遠而示之近……。**」唐教授對思祖大吼，「拿紙筆來！」

思祖從書包裏拿出紙筆給唐教授。

唐教授看著窗外不到一分鐘，接著畫出艋舺的地形，開始講解下一步的計劃，「現在我們有37人，黑鳥大約有80、90人，一定要擺陣，不能硬幹。艋舺大部份的地方都是小巷，小巷只能用來調動人馬，不適合大舉決鬥，只能靠調動到空曠的地方才做決戰。所以在艋舺作戰，貴在懂得調度。

必攻不守，兵之急著也，如何調度攻打其敵人虛弱之處，才是兵法中最要緊的。之前的兩局，和再早前和他交手的經驗，我就是找不出他的弱點，他把人數、地形、兵陣，配合得太好了。**張軍毋戰有道**，表面上採為主動，其實都只是在試探對方實力，和我一樣，一直走探索對方虛弱之處，等待對方出錯。」

大尾：「唐教授，你是讀書人，你講的我們不懂，你就直接告訴我們要怎麼做就好了。」

「好！」，唐教授拿出三個銅板，拋向空中落地三次看

了卦象，看一下手錶，再掐指一算，「等25分鐘後再攻。思祖，跟我上指揮臺。肥猴和大尾，叫大家準備。」

大尾、唐教授、思祖還有肥猴拖著受傷的腳，都上了指揮臺。唐教授對著窗口向著對面黑鳥的房子堅定得說：「吳大年，**陣、勢、變、權**，我們看誰用得好，就能把對方幹掉！」

思祖拿著望遠鏡在窗口看了幾分鐘，「唐教授，你看土地公廟那邊。」

唐教授拿起望遠鏡一看，「**疏陣！**」再看土地公廟西面約十公裏外，另一空曠之地，「**又是錐形陣！**」揚起嘴角輕輕一笑。「吳大年擺陣不攻，一來是不清楚我們還能上陣的人數，怕再向前會有埋伏；二來，他擺明要和我批陣鬥兵法，以土地公廟為界，一雪前恥，也為瘋狗報仇。」

肥猴看了一下望遠鏡，皺了眉頭，「土地公廟那邊的『疏陣』有二十多個人，西面的『錐形陣』有六十幾個人，他幾乎把所有的人馬都擺出來了，沒留一些在底部嗎？」

唐教授：「東西兩邊的人馬隨時可以拉成一條橫線，成為一排人牆，很難攻得破。我的想法跟你一樣，他一定會有人馬留在底部！」

大尾：「你想怎麼打？」

唐教授看著窗外，沈默了很久。

肥猴和大尾沒說話，讓唐教授好好思考。

「嗯！」唐教授慢慢點頭，「土地公廟那邊根本不用打！」

3個人同時看向唐教授，「不打！」大尾說，「那些人攻過來怎麼辦？」

唐教授：「**戰日有期，務在斷氣，**『疏陣』就是在製造決一死戰的士氣。我們人不夠他多，吳大年故意擺兩個陣就是明知我們人少，還要再分散我的人馬，我們同時出兵去應付兩個兵陣，先是在人數上就已經輸掉仗勢和氣勢，既然這樣，乾脆把人馬都集中在一邊就好。」

大尾：「為什麼要挑人多的那一邊？」

肥猴：「另一邊的人打過來怎麼辦？」

唐教授深深喘口氣說：「挑人多的那一邊，因為會打得久，就是要另一邊的人攻進來。」

大家嚇一跳，這是哪門子孤注一擲的戰術？太冒險了吧！

唐教授：「棄東，保西，放黑鳥東面的人進來，表面上看起來我們在西面就是做最後的搏命一擊，實際上是逼對方全部出兵，我就是要他們攻到這裏，全心全意地奪下這個空城。兵法要的是奪城，在艋舺要奪的是人命，不用守城，這將會是吳大年都算不到的。不管吳大年用什麼高段的兵法攻到這裏，也是死路一條。」

大尾：「如果你這個方法還是殺不掉黑鳥，我們的地盤跟這裏所有的生意將全部都讓給黑鳥，很難再拿得回來！」

唐教授：「如果是這樣的話，我也活不成！」

大尾看著唐教授不說話，再看看肥猴。

肥猴對大尾說：「想好了就做吧！我們人這麼少，你還有更好的辦法嗎？」

大尾再看向唐教授，遲遲沒有出聲。

肥猴：「黑鳥都擺好陣了，打不打？不打的話，他就直接過來搶了！」

大尾嘆口氣，「好，幹了！」

唐教授：「25個人去打西面的『錐形陣』，到他們前面一公里停下，等我口令。10個人放慢朝東面的『疏陣』過去，到時候左拐，到西面『錐形陣』前方一公里與自己人會合，讓對方一開始有錯覺，以為我們是兵分兩路要去會陣。」看一下手表，「再10分鐘出兵，大尾你親自帶25人赴『錐形陣』。」

大尾露出兇狠的目光，抓起一旁的武士刀，走下指揮臺的樓梯。

「等一下！」唐教授說，「記住，幹掉黑鳥，但絕不能動那個穿軍裝的吳大年，他是國防部的人。」

「幹！」大尾罵了一聲，轉身下樓。

時間一到，思祖走下指揮臺樓梯，「大尾，出兵！」

大尾手持武士刀一身煞氣，走路外八，身後領著25個兄

弟走在最前頭，艋舺的人見他半身紅刺青龍，身後個個殺氣
騰騰，紛紛躲到一旁竊竊私語：

「怎麼還沒打完？又要開打了！」

「聽說較早已經死了不少人了，還在打？」

「是啊！我剛才從黑鳥那邊過來，看到一些屍體還沒收
吶！」

另外10個人朝黑鳥在土地公廟所布的『疏陣』走去。

大尾帶的人馬到『錐形陣』前方約一公里停下，唐教授
馬上看到黑鳥的錐形陣起了變化，錐形陣裏面又多了一個錐
形陣。

「幹！雙重錐形陣。」唐教授傻了！

吳大年竟在短短時間內想出破唐教授『蛇陣』的另一個
陣法，故意等到對方的人馬來到陣地，才露出真實的陣型。

「思祖！」唐教授緊張地說，「去！快去！叫大尾絕不
能再用『蛇陣』！」

思祖馬上沖下樓。

「肥猴」唐教授再說，「叫人去傳話，東面10個人先停
在對方前面2公里的地方，按兵不動。」

這可怎麼辦？雙重錐形陣，連擋都擋不了！難道就破不
了嗎？

唐教授緊閉雙眼，腦中一直幻想2個錐形，真的破不

了？真是快把頭都想炸了！唯有⋯⋯唯有⋯⋯一個錐形從中切入才能拆開它！對，以簡單破複雜，以一個錐形就能破兩個錐形！

「喂！喂⋯⋯」肥猴看著望遠鏡，叫著唐教授，「他們好像要攻了！」

唐教授拿起望遠鏡，看到黑鳥的雙重錐形陣，每個人慢慢舉起武士刀，準備向前逼進。

思祖這時喘著氣跑回來。

唐教授：「思祖，過來！」把地圖翻到背面，用筆畫給思祖看，「這是黑鳥的兩個三角形，叫大尾組成一個三角形，只要我們三角形的尖端避開對方的尖端，從旁邊刺入，陣形不要散⋯⋯聽懂了嗎？」

「懂了！」思祖說。

「把這張紙拿去給大尾看。」唐教授說，「再叫1個人現在去傳話給土地公廟前那10個，立刻去跟大尾會合。」唐教授說。

「好。」思祖抓起唐教授畫得圖，再度跑下樓。

10分鐘後，大尾的錐形陣』，果然破了黑鳥的『雙重錐形陣』，連連砍殺了黑鳥的人，猶如勢如破竹！

肥猴用望遠鏡看了大叫：「幹得好！」

唐教授緩緩得鬆了一口氣，全身放鬆了下來，說：「是

時候了，走吧！」

肥猴朝東面用望遠鏡看去，黑鳥原本在土地公廟擺陣的人，開始跑向這邊。肥猴朝樓下大喊：「上來2個人扶你老爸下去！」

唐教授下指揮臺前，再朝黑鳥的房子看一次，湧出了二十幾個人，全部手持武士刀往這邊跑過來，吳大年沒有要支援正在與大尾砍殺處於敗勢的那一批人馬，唐教授露出了微笑，「一切都回到計劃之中了！」轉身走下指揮臺去。

唐教授走進指揮臺旁邊的賭場內，裏面坐著三個滿身刺青的人，是鐵條養的殺人武器，現在跟著大尾，每個人都嚼著檳榔，抖著腳，手握著武士刀看唐教授走進來，似乎已經等了很不耐煩。

唐教授看著他們，只要是沒被衣服遮住的地方，都可以看到刺青，手、腳，一直到脖子。

唐教授對他們說：「等很久了！」

肥猴：「幹！看你們3個，早上還沒殺夠！」

唐教授：「那走吧！」

幾個人一起走出賭場，準備沿著違建最邊上的小巷直奔黑鳥的房子，那一條小路大部分都有屋簷遮頂，吳大年和黑鳥絕對看不到他們。

唐教授走了幾步突然轉身，「思祖，你已經幫我很多了！到這裏就好。你在讀書，接下去的事，不要涉及太深。」

思祖：「那……」

唐教授：「現在這場仗已經照我的打法在進行，已經贏了，別擔心！回去吧！」

「嗯！」，思祖是個聰明的人，朝另一個方向跑開。

大尾從戰局中離開，帶走3個人，其餘留下在陣地廝殺。當他來到黑鳥家附近一個地點，看到肥猴、唐教授和身後另外6個人也趕到。「唐教授，你時間還掐得真準！」大尾說。

唐教授：「好啦！剩下的就交給你們了，記住，穿軍服的吳大年絕對不能碰！」

3個紋滿身的人透出興奮又變態的眼神，抽出武士刀，搶著走在最前面。

唐教授拿出香煙點上，看他們全部進了黑鳥的房子。

這一根煙還沒抽完，從黑鳥屋子走出一個人來到唐教授面前，他手上的武士刀還滴著血，「好了，可以進去。」

唐教授將香煙丟到地上，往黑鳥房子的方向走去。

經歷三次殘忍的戰役，唐教授不同初到艋舺苟且偷生的那副模樣，一路走來，一直到如今走進黑鳥的房子，唐教授透出一身的沈穩和俐落；想不到進入艋舺一番擾難起伏，

竟成就出他內在最成熟又泰然的人格。雖然唐教授看上去乾瘦，可是他一再又一場勝利的戰役，肩膀上透出的一股氣概，在他所到之處，左右兩邊適才經歷血淋廝殺的兄弟們，都會敬重地讓開。艋舺黑暗的折騰，居然使他走出生命中最有光芒的黃金階段。

　　兩把鋒利的武士刀架在吳大年脖子上，吳大年沒有一點畏懼，他很清楚只要他一死，軍方就會介入，唐教授不可能不知道。

　　唐教授進了屋子，慢慢得跨過地上橫屍的黑鳥和另外4具被劈得不成人形的屍體，走到吳大年面前坐下，很自在地又點了煙抽了幾口，再說：「你在艋舺打了兩場仗，仗已經打完了，你要辦的事不管輸贏都已經辦完了，這裏已經沒你的事，你現在是官場的人，就呆在官場沒必要再回來，這裏大部份的人都沒戶口，和你是不同世界的人，你在這裏的事也只屬於這裏，外面沒人會知道。好走！」

　　再對他身旁兩個人說：「把刀收起來，送吳先生到外面叫車。」接著從椅子上站起來走開。

　　兩個人收起武士刀，一路盯著吳大年走出一戶戶違建到大馬路，上了計程車。

　　吳大年坐上計程車，等車子開走，才流下不甘和絞痛的眼淚。

第2天，中午。

所有人照約定的時間，聚集在麵廠辦公室，肥猴和大尾要重新把地盤分好，唐教授所要管的生意和每個月的薪水也要在這時候重新談好。

大尾說得頭頭是道，好的地盤和好的生意都先被他要走，講了十幾分鐘，終於說完，他等著肥猴跟他還價。

肥猴什麼話都沒說，唐教授把雙手壓在桌上，慢慢得站了起來，大尾感到奇怪。

唐教授沒有表情，「大尾啊！你記不記得你跟我說過什麼？」

大尾看了肥猴一下，再看回唐教授，皺上眉頭遲疑了一下說：「……什麼？」

唐教授：「大尾啊！你知不知道幹掉黑鳥是你跟肥猴要我做的，如果不是你跟肥猴找我，我根本不想再打這場仗。」

大尾：「都已經幹掉黑鳥了，你到底想說什麼？」

唐教授：「你說如果我不幫你，你就要幹掉我，還要幹掉我的女人，還不斷得幹我娘，記得嗎？」

大尾漸漸露出一臉兇狠，慢慢站起來，指著唐教授，「你現在是想怎麼樣？是想跟我算帳是吧？我幹你娘的！你以為你是什麼東西！敢這樣跟我說話，我現在就可以殺了你再去殺掉秋月，你他媽的不給我坐下，我現在就殺了你，我

幹你娘的！」

　　唐教授笑笑，對大尾搖搖頭，「當初你要我幫你，還要殺了我跟我的女人，現在我幫了你，你還是要殺了我跟我的女人，還一直幹我娘……」

　　「我幹你娘的！」大尾不等唐教授說完，「我就是要殺了你還要幹你娘……」

　　唐教授等大尾罵完，再說：「那就是非殺我不可了？沒得談了？」

　　「我幹你娘的……」大尾整個火氣全上來，又開始罵起來。

　　唐教授坐下，點了一根煙，抽一口後就丟到地上，四把扁鑽不斷地在大尾背上猛刺，大尾的內臟被刺破，血液一下倒流，從口中湧出。

　　大尾在唐教授面前站不穩，無力地跪下，朝一旁的肥猴看了一眼，肥猴只是揚起嘴角淡淡地笑著。剛才跟我一起進來的四個手下怎麼都沒反應？

　　唐教授又站起來，「大尾啊！我們重來一次。你叫我幫你，還要殺我和我的女人，還要幹我娘，我現在幫了你，你還是要殺我跟我的女人，還要幹我娘，這是怎麼回事啊？我以前又沒得罪過你！」

　　大尾兩眼滿滿的血絲，跪在地上雙手扶著桌子，死瞪著唐教授出不了力氣說話。

唐教授心平氣和的說：「大尾，我今天就是要告訴你，我唐教授可以做阿源跟阿支艋舺兩代霸主的軍師，可以打敗瘋狗和黑鳥包括你的老大鐵條，你還不配這樣跟我說話，你犯的最大錯誤就是在我的女人面前說要殺我，你當初要我幫你的時候，你知不知道你怕黑鳥怕成什麼樣子？還敢威脅我，你還不配！」說完在大尾臉上吐了一口痰，「我幹你娘的！」

　　大尾失血過多，臉色逐漸轉為死白，但是心中一股怨氣，使他雙手抓著桌面不肯倒下。

　　唐教授轉身對肥猴笑著說：「現在整個艋舺都是你的了！應該好好慶祝一下，喝兩杯！」

　　肥猴開心得站起來，「走！」

　　大尾其中一個手下說：「他還沒死……怎麼辦？

　　唐教授：「那就等他沒氣了再處理掉。我們先去喝一杯，你們在這邊等一下，等他斷氣，處理掉了再過來一起喝。」

　　肥猴：「那麼麻煩幹什麼？再補兩刀不就好了。」

　　「不要！」唐教授說，「別便宜他，讓他好好記住，在我女人面前威脅我的下場就是這樣。」

　　肥猴搖頭笑笑，攬著唐教授的肩膀走出去，「真麻煩！想不到你這個人也夠狠的。」

　　唐教授：「你現在是艋舺獨一無二的霸主了，以後妓院

有新來的幼齒，叫他們先送到你家，你不用再一家一家去驗貨，多麻煩……。」

大尾嘴角的血不斷滴在地上，氣息漸漸虛弱，慢慢回頭看向他身後四個手下，每個人手上血淋淋的扁鑽，滴著血，他們的眼神……

肥猴在大馬路邊的攤位擺上大宴，唐教授見所有艋舺兄弟都來，坐滿不過4大桌，不到50人。這4大桌有一半以上的人全身是傷，手腳都有包紮無法正常走路，一時感嘆艋舺一統三國的代價，從自己踏進艋舺至今，江湖上兄弟還在的，已經不到當初的四分之一。

兄弟們不斷上來跟肥猴敬酒，老大長老大短的拍馬屁，有一些上來敬酒還毛遂自薦，可以幫老大管賭場的、管帳的、管妓院的……。

肥猴可能一輩子最開心的就這一天，嘴巴笑得合不攏，酒一杯一杯地喝，才上到第五道菜，已經開始嘔吐，吐完回來再繼續喝。

當朝霸主肥猴身邊的唐教授內心只有滿滿的感嘆，下一個取代肥猴的會是什麼時候呢？

在兄弟們的酒杯聲和喧嘩聲裏，夾雜著艋舺江湖中的真假情義，權利下的愛恨嗔癡，唐教授再度感嘆得說不出話。自己還活著的唯一原因是因為懂孫子兵法，面前這些長著利齒與利爪的禽獸，高興的時候在一起，發怒時就互相爭鬥，

這不可制止的天性。

　　當初不如不懂兵法，就不必一直周旋在這些不停變換的真假情義與流血廝殺中，還不如像大地中的一粒沙子，在艋舺裏慢慢的枯萎死去；自己因為無奈來到這裏，想不到來了這裏，生命增添了更多的無奈。當初就是看透人生放棄自己，選擇苟且余生在這個地方死去，想不到生命居然不放過自己，艋舺不過是另一個無奈的紅塵。

一年後。

唐教授帶著秋月，悄悄地離開艋舺，走時沒留下任何蛛絲馬跡。

肥猴氣得把整個麵廠和麵廠的辦公室都砸了，因為沒了唐教授，接下來麵廠要發展到臺灣全省的生意，他不知道要怎麼做。當初聽唐教授說過可以靠做麵條，打入正行成為臺灣十大富豪，跳越當下成為人上人的美夢一下全沒了！

唐教授臨走的前一晚見過思祖，他們在海鮮攤子一起吃過飯。

思祖一到海鮮攤，在唐教授和秋月面前坐下，「哇！怎麼叫這麼多菜，搞這麼豐盛，提早過年啊！」

唐教授：「請我的貴人吃飯，當然要慎重了！」

「開什麼玩笑！你才是我的貴人，沒有你幫我補習，我國中都不知道能不能畢業？」

「現在讀得怎麼樣？」

「應該沒問題了，今年高中應該可以畢業，都留級一年了，今年一定可以讀出來。」

唐教授點點頭，「不管多難，你能讀出來，就代表人生這個階段你做成功了，雖然時間花的比較久，但你還是做到人生這個階段該做的事，沒必要跟任何人比，你戰勝的是你自己，這是一種人生的超越。你大哥呢？怎麼最近都沒看到

他。」

「唉！別提了，上次去打黑鳥的時候受傷沒死，醫生說他一年內不能喝酒，他忍不住，上個月喝到拉血，現在沒幾天就得去醫院一次，活活搞死自己！」

唐教授搖搖頭，「喝酒是會有酒癮的，那種醉醺醺的感覺和亢奮的痛快是很難戒的。他現在不把身體保養好，等到老了就剩半條命，多辛苦。你能勸的話，就多勸他吧！」

「我哪敢啊！」

三個人一起吃了飯，還喝了一點酒。

唐教授又說：「我記得你小學畢業旅行回來的時候，跟我說去故宮博物院路上經過天母，看到好多漂亮的房子和老外，說得多興奮！還會想搬去那裏嗎？」

「過幾年吧！先賺點錢，長毛的妓院一直缺人管，我⋯⋯」

「思祖！」唐教授有些嚴肅，「你高中畢業了，就打算做個拉皮條的嗎？」

「有什麼先做什麼吧！再慢慢升上去。」

「你的高中文憑拿到了，你可以去外面找工作啊！」

思祖笑笑，「我曾經想過，不過外面是什麼樣子，我怕會不習慣。」

唐教授的表情更嚴肅，「我看你不是怕不習慣，是怕離開了艋舺沒自信吧！」

「你今天是怎麼了，怎麼講這樣？」

「思祖，你是個人才，我希望你不要一輩子困在艋舺，走出艋舺，你才有機會進入像天母那種生活的環境。活在天母那種環境不好嗎？」

「誰不想，但是有可能嗎？」

「可不可能，你總是要進去那個環境試試看啊！」唐教授還對思祖說了很多鼓勵他的話。

「你今天是怎麼了？」思祖覺得唐教授今天真的是有些怪。

「我只是覺得你高中要畢業了，人生要進入另一個新的開始，不要選錯路。」

「原來是這樣！」

吃完飯，唐教授和秋月一起陪思祖走到他家門口。

「你們兩個今天真是很奇怪吔！還送我到家門口，行這麼大禮？」思祖用不明白的眼神看著唐教授和秋月。

思祖好像看到唐教授目光中有淚水，楞了一下，「是不是出了什麼事？」

唐教授和秋月沒有說話。

思祖：「你身體沒事吧？」

唐教授一時哽硬，只能搖頭。

秋月馬上說：「別亂想，根本沒什麼事。」

唐教授調整一下情緒，露出笑臉，「恭喜你高中讀出來

了！」伸出手要和思祖握手。

「還有一個多月，說得這麼早。畢業典禮記得來跟我拍照啊！」

唐教授等到思祖轉身進了屋子，才流下眼淚。

第2天早上，天還沒亮。

秋月來到思祖家門口，塞了一封信進門縫底下，才和唐教授一起繼續拖著行李，走到大馬路攔下計程車。

思祖正要出門上學時，才看到地上的信，把它打開：

思祖吾弟：

在被最信任的朋友與最愛的妻子所傷之後，我本來是放棄了自己才搬到艋舺，打算老死在這裏。可是在艋舺，命運又把我掀得大起大落，看了這麼多的明爭暗鬥和這麼多的人死去，內心無法再承受這種起伏，也明白江湖中的鬥爭和廝殺是不會停止，更明白一旦生存在江湖即是無法退出的，所以我選擇離開。縱然，艋舺亦是我生命的轉折處，如果沒到艋舺，就不會經歷生命中巨大的壓力，就不可能再站起來，也不會認識有情有義的你，不會認識我最深愛的秋月，不會再有積蓄，我對艋舺也有

感恩的一面。

　　在戒鴉片的那段時間，你每天給我送飯，真誠的把我當成朋友，幾次幫派的廝殺，你冒著危險，給我莫大的幫助，也不曾圖我任何好處，在艋舺你是我唯一的好朋友，好兄弟。

　　原諒我不留下任何聯絡方式，因為這是唯一能退出江湖的出路，這對你也比較安全，等時候到了，我一定會與你聯係，我衷心得向神明祈求和你再相會的日子能夠早日到來。

　　一點心意請你收下，希望它能鼓勵你走出艋舺，人生更創巔峰！切記，千萬別對外宣揚。

　　請代我向令尊、令堂和令兄辭別，祝你們全家幸福！安康！

　　請原諒我和秋月不能參加你的畢業典禮，我以最真摯的心恭祝你：

　　學業有成、前途無量！

　　　　　　　愚　唐景賢　上

　　思祖從信封裏再拿出一張紙，同時掉出兩把鑰匙，把紙打開一看，竟是一張房契，地址是在天母1棟五房一廳的公

寓，12樓，有電梯。地契上所有人的名字是──吳思祖。

　　思祖立刻放下書包衝到唐教授家，推門一看，唐教授書架上所有的書都已經不在，他和秋月真的走了！

　　8年後，民國七十一年，李登輝上任臺灣省政府主席第二年，下令拆除大臺北縣市所有違章建築。艋舺所有違建的居民擋在23臺挖土機前，與臺北縣警察和官員僵持一個多月，最後省議會通過對艋舺每個有身份證二十一歲以上的居民補償新臺幣12萬元拆遷費，沒有身份證的居民可以在20天內申請辦理，才平息拆除的人為阻礙。

　　艋舺的江湖、傳奇、繁華、黑暗隨挖土機的怪手下的一大片木屋，全部鏟滅，暫時終止，規劃重建完成之後，艋舺的江湖再度霧捲，一片新的風雲再起。

　　思祖全家搬進天母的公寓。

　　一個禮拜後的一天清晨就傳來門鈴聲，思祖從廚房走來開門，是唐教授扶著拐杖和秋月在他面前。

國家圖書館出版品預行編目

艋舺暗城 / 翊青著. -- 臺北市：獵海人，
   2022.07
      面；　公分
   ISBN 978-626-95657-9-5(平裝)

863.57   111011563

艋舺暗城

作　　者／翊青
出版策劃／獵海人
製作銷售／秀威資訊科技股份有限公司
　　　　　114 台北市內湖區瑞光路76巷69號2樓
　　　　　電話：+886-2-2796-3638
　　　　　傳真：+886-2-2796-1377
網路訂購／秀威書店：https://store.showwe.tw
　　　　　博客來網路書店：https://www.books.com.tw
　　　　　三民網路書店：https://www.m.sanmin.com.tw
　　　　　讀冊生活：https://www.taaze.tw

出版日期／2022年7月
定　　價／320元